Friedrich Hebbel

Schnock; ein niederländisches Gemälde

in Großdruckschrift

Friedrich Hebbel

Schnock; ein niederländisches Gemälde

in Großdruckschrift

Reproduktion des Originals.

1. Auflage 2023 | ISBN: 978-3-38702-542-2

Megali Verlag ist ein Imprint der Outlook Verlagsgesellschaft mbH.

Verlag: Outlook Verlag GmbH, Zeilweg 44, 60439 Frankfurt, Deutschland
Vertretungsberechtigt: E. Roepke, Zeilweg 44, 60439 Frankfurt, Deutschland
Druck: Books on Demand GmbH, In de Tarpen 42, 22848 Norderstedt, Deutschland

SCHNOCK

Ein niederländisches Gemälde

Friedrich Hebbel

Erstes Kapitel
Zur Einleitung

In dem kleinen Marktflecken Y., wo sich jeder Reisende gern so lange aufhält, als er muß, nämlich so lange als die Post ausbleibt, traf ich in den Hundstagen des Jahres 1836 zum letztenmal ein. Der Ort ist einer von denen, wo man nur auf dem Leichenacker erfährt, daß Menschen darin leben, weil eine Reihe ehrwürdiger Grabsteine, die man nicht Lügen zu strafen wagt, versichern, daß Menschen darin sterben. Diesmal kannte ich ihn nicht wieder, und ich würde geglaubt haben, der Postillon sei fehlgefahren, wenn sich nicht der mir unvergeßliche Postmeister, eine lange, dürre, windschiefe Figur, die sich scheu und verlegen in jede Ecke drückt, als ob sie schon durch ihre bloße Existenz zu beleidigen fürchte, aus der Tür geschoben, und so meine Zweifel verscheucht hätte. Alle Straßen nämlich, durch die ich kam, waren gedrängt voll von Leuten; kein Fenster, aus dem nicht mehr Köpfe hätten herausschauen wollen, als Platz fanden; auf dem Kirchturm selbst konnt' ich deutlich Hauben und flatternde Schals unterscheiden, und jedes Gesicht, von der alten, halberblindeten Bettelfrau an, die sich mühsam mit der rechten Hand auf ihren Stab stützte und mit der linken die Brille aufsetzte, bis zu dem kleinen weiß gekleideten Mädchen mit seinen blonden Locken herunter, trug den Ausdruck der gespanntesten Erwartung. "Was gibt's denn," fragte ich den Postmeister, "ist's Jahrmarkt heut?"—"Den 16. hujus gewesen. "—"Feiert der Amtmann oder der Stadtpfarrer das Dienstjubiläum?"—"Herr Pastor primarius Nothnagel hat's schon gefeiert und ist an den Folgen des Schmauses gestorben, und unser Herr Amtmann darf in den nächsten vierzig Jahren an die Ehre noch nicht denken, dazu ist er, mit Erlaubnis zu sagen, noch viel zu jung. "—"Gibt's denn Aufstand? Rebellieren die Bürger? Empört sich, was Hosen trägt?"—"Bewahre uns Gott vor Rebellion! Dazu haben wir auch gar keine Zeit, man muß sich tummeln, ums liebe Brot zu verdienen und die hohen Steuern zu erschwingen. Nein, die Sache, es kurz zu vermelden, ist die. Ein höchst gefährlicher Verbrecher, ein Bösewicht, der einen greulichen Diebstahl begangen hat und einer Mordtat fähig gehalten wird, wurde gestern zur Haft gebracht und heute, als ihm der Gefangenenwärter das Frühstück in den alten verfallenen Turm bringen wollte, vermißt. Da hat denn der Amtmann die gesamte Bürgerschaft aufgeboten, um ihn wieder einzufangen, und wie man vernimmt, so ist's, wunderbar genug! geglückt. Nun ist man natürlich begierig—" Der Postmeister unterbrach sich; denn er bemerkte, daß ich schon längst nicht mehr auf ihn hörte, weil ich sonst über die Explikation das Schauspiel versäumt hätte. Ein Zug, abenteuerlicher, als ich ihn je gesehen, kam die Straße herauf. Zuerst, in grellroten Röcken mit messingnen Knöpfen, an der Seite mächtige Säbel, die das Gehen erschwerten und den Mut gewiß nicht vermehrten, zwei ehrenfeste Männer, voll edlen Selbstgefühls, in denen sich ehemalige Unteroffiziere der Reichsarmee, die vielleicht manche Schlacht mit hatten verlieren helfen, und jetzige Gerichts—und Polizeidiener nicht verkennen ließen. Dann, von zwei lahmen Pferden gezogen, ein Leiterwagen, auf dem der Held des Tages, der Triumphator, saß, dreifach gebunden, als ob er ein Herkules wäre und noch etwas mehr. Hinterher die ganze waffenfähige Mannschaft des Fleckens, mit Mistgabeln, Äxten und Beilen, Stricken, genug mit allen möglichen Dingen, die der Leser nicht erwartet, armiert und nicht ohne Stolz zu Frauen und Töchtern aufblickend und sie mit leichtem Kopfnicken, da die Zeit nichts weiteres erlaubte, begrüßend. Der Wagen hielt; zwei alte Weiber, wovon eine der andern ihren breiten Rücken, der ihr das Sehen unmöglich mache, vorwarf, fingen an, sich zu prügeln, der Amtmann trat vor mit einem Gesicht, welches halb Fragezeichen war, halb aber auch, der Würde des Amts gemäß, Gedankenstrich. Die Gerichtsdiener machten Front und statteten beide zugleich, also so unverständlich wie möglich, Rapport ab, der Amtmann warf auf den Triumphator einen vernichtenden Blick, den dieser mit seinem ungezogensten Gähnen erwiderte, dann rief er finster aus: "Wo bleibt denn aber Schnock, der Schreiner, daß man ihn beloben, ihm seine Zufriedenheit bezeigen kann?"—"Heda, Meister Schnock, aufgepaßt!" schrien die Gerichtsdiener, das verdrießliche Gesicht des Amtmanns und den mürrischen Ton seiner Stimme möglichst getreu kopierend. Jetzt merkt' ich auf; wer noch nie einen Glücklichen gesehen hat, der betrachte sich einen deutschen Bürger, dem bei irgendeinem Anlaß von Gerichts wegen die Versicherung erteilt wird, daß er ein ganzer Kerl sei. Nicht so schnell, als ich erwartet hatte, aber doch schnell genug, um die Stirnfalten des Amtmanns nicht durch sein Zögern zu verdoppeln, trat aus dem Haufen ein Mann heraus, breitschultrig, von gewaltigem Knochenbau, aber mit einem Gesicht, worauf das erste Kindergreinen über empfangene Rutenstreiche versteinert zu sein schien; ein Bär mit einer Kaninchenphysiognomie. Der Amtmann erteilte ihm ein sparsames Lob wegen seiner bewiesenen Herzhaftigkeit, Schnock senkte wehmütig den Kopf und schickte einen ängstlichen Blick zu dem Gefangenen hinüber, der auf seinem Wagen in sanften Schlummer gefallen war oder sich doch stellte, als ob er es wäre. Der Amtmann zog sich in das Heiligtum der Amtsstube zurück, die Gerichtsdiener rissen den Gefangenen von seinem Sitz herunter und schwuren, er soll ihnen nicht zum zweitenmal entkommen, und wenn er auch die Kunst besäße, sich in eine Fledermaus zu verwandeln. Die Menge zerstreute sich, nur Schnock blieb, als hätt' er einen Basilisken gesehen, regungslos auf dem Platze stehn. Der Mann interessierte mich, ich trat zu ihm heran. "Mein Freund," begann ich, "Ihr seid sehr in Gedanken vertieft!"—"Weil ich ein geschlagener Mann bin", gab er zur Antwort. Ich stutzte und fragte weiter: "Wieso? Wie kommt's, daß Ihr dies eben heut, wo Ihr Euch in so hohem

Grade die Zufriedenheit Eurer Obrigkeit erworben zu haben scheint, so lebhaft fühlt?"—"Eben darum," versetzte er heftig, "wer bürgt mir, daß der sich im Gefängnis erdrosselt, oder sich mit Glasscherben die Pulsader aufreißt? Gibt's der Herr," er meinte mich, "mir etwa schwarz auf weiß, daß diesen heillosen Sünder in der Einsamkeit die Verzweiflung packt? Und darf ich hoffen, daß er außer dem Diebstahl, wegen dessen ihn der strengste Richter nicht zum Tode verurteilen, ja nicht einmal auf zeitlebens einstecken kann, noch eine Mordtat oder ein anderes Halsverbrechen begangen hat?"—"Von wem sprecht Ihr denn eigentlich?" unterbrach ich ihn. "Nun, von wem anders, als von dem Bösewicht, den ich das Unglück gehabt habe zu arretieren. Hätt' ich doch lieber zuvor ein Bein gebrochen! Aber niemand entgeht seinem schlimmen Stern, am wenigsten ich."—"Ich begreife Euch bei Gott nicht!" versetzte ich. "Für jeden ordentlichen Bürger pflegt es ein Fest zu sein, wenn ein dem öffentlichen Wohl gefährlicher Mensch zur Haft gebracht wird."—"O freilich, wenn er nur nicht selbst die Falle war, in der der Fuchs sich erwischen ließ!"—"Ich dächte, das wäre gleichgültig!"—"Wahrlich nicht für einen Mann, der ein Haus hat, das man ihm zur Nachtzeit überm Kopf anzünden kann, und der sich gestehen muß, daß sich in sein Fleisch so gut ein Loch bohren läßt, wie in andres. Meint Ihr, ein Kerl, der—Ihr könnt's nicht übersehen haben— auf'm Wagen einschläft, während ihn tausend Kehlen mit den greulichsten Verwünschungen überhäufen, werde sich für die endlose Langeweile, der er im Kerker, und für die Quälereien, denen er in den Verhören entgegengeht, nicht gegen mich Unglückseligen, dem er das alles verdankt, auf seine Weise erkenntlich bezeigen? Was wird diese Kröte zwischen den finstern Mauern des Gefängnisses aushecken, als giftige Rachepläne? Und wann hat man noch gehört, daß einem Bösewicht mißglückt ist, was er sich vornahm? Höchstens kommt man ihm hintendrein auf die Spur; das weckt aber keinen wieder auf, der einmal mit einer acht Zoll tiefen Wunde auf'm Kirchhof oder sonstwo verscharrt liegt. Dem Schlachtopfer ist's gleichgültig, ob man den Schlächter zu ihm in die Erde steckt."—"Mir scheint, ein Mann, wie Ihr, kann sich seiner Haut schon wehren; Euch geht, deucht mir, zu einem Riesen nicht viel ab, geschweige zu einem tüchtigen Schläger. "—"Oh," versetzte Schnock mit einem Seufzer, "wie oft soll ich diese vermaledeiten breiten Schultern, diese lügenhafte, großprahlerische Leibesgestalt, womit irgendein schadenfroher Teufel mich begabt hat, noch verfluchen! Jeder, der mich nicht kennt, glaubt, daß ich Berge versetzen kann. Warum bin ich unglücklich? Weil ich nicht einen Kopf kürzer bin. Wozu trieb mich meine Neigung in der Jugend, was war der Wunsch meiner Wünsche? Schneider wollt' ich werden, darum bat ich meinen Vater; die führen ein friedsames, geruhiges Leben, sprichwörtlich ist's, daß sie keine Courage haben, man erwartet von ihnen nicht das Unglaubliche. Drang ich mit all meinen Bitten bei dem Vater durch? Junge, sagte er, nicht scherzhaft, sondern in grimmigem Ton, bist du verrückt? Du könntest bei deinen Knochen und Kräften einen Ackergaul ersetzen, und wolltest gleich einem Affen, mit gekreuzten Beinen und löschpapiernem Gesicht hinter dem Fenster auf'm Schneidertisch hocken und Zwirn in die Nadel fädeln? Das ist was für Krüppel, für Lahme und Verwachsene, damit komme mir nicht; du wirst mir, so Gott will! ein braver Schreiner! Natürlich, er war ja selbst ein Schreiner, und das edle Handwerk wär' zugrunde gegangen, hätt' ich ein andres ergriffen. Gott vergeb's ihm, meinetwegen; ich vergeb's ihm nicht, höchstens auf'm Totenbett, wo man alles vergibt!" Schnock ballte die Hand. "Aber, lieber Meister," fragt' ich weiter, "warum ließt Ihr den Dieb nicht entschlüpfen, wenn es Euch so bedenklich schien, ihn festzuhalten? Das stand ja doch bei Euch?"—"Keineswegs," erwiderte Schnock; "man ist selten oder nie Herr seines Willens. Ich war den übrigen vorgelaufen, nicht etwa, um mir ein Ansehen zu geben, sondern um ihnen möglichst bald aus den Augen zu kommen und bei der Hetze gegen brutale Aufforderungen zum Hilfeleisten gesichert zu sein. Plötzlich, da ich eben den Sprung um ein Gebüsch mache, fährt mir das Teufelswildbret, ich meine meinen Arrestanten, entgegen. Ich schaudre zusammen; denn das laute Hurra, das aus hundert Kehlen hinter mir erschallt, sagt mir's gleich, daß mein niederträchtiges Jagdglück nicht unbemerkt geblieben ist. Dennoch hätt' ich, ohne Rücksicht auf spätere Foppereien und Anzüglichkeiten, dem Kerl gern den Vorsprung gelassen und zu hinken angefangen; aber der war wie unsinnig, statt zu entspringen, blieb er stehen, rollte die Augen, ballte die Faust gegen mich und fuhr endlich damit, als wollt' er ein Messer oder gar eine Pistole hervorziehen, in die Tasche. Da ergriff mich Angst und Grausen; nicht aus Tollkühnheit, wie die herbeieilenden Esel, die mir schon aus der Ferne ein Bravo über das andere zuschrien, glauben mochten, sondern aus Furcht macht' ich mich über ihn her, rang mit ihm und warf ihn zu Boden. Daß seine Taschen leer waren, wie sich's bei der Visitation fand, konnt' ich nicht wissen, und gegen Schuß und Stich mußt' ich mich sichern." Ein Bursch kam in diesem Augenblicke eilig auf uns zu. "Ich komme schon!" rief Schnock ihm entgegen und machte mir zugleich eine Abschiedsverbeugung. "Ihr irrt Euch, Meister," sagte der Bursch mit unterdrücktem Lachen, "ich suche diesmal nicht Euch, ich geh' auf die Apotheke, um Hoffmannstropfen zu holen, Eure Frau hat Kopfweh und liegt zu Bett."—"So sagst du nicht," versetzte Schnock, "daß du mich gesehen hast.— Wenn die Kopfweh hat," fuhr er, sich wieder zu mir wendend, fort, "ist's goldne Zeit für mich; dann fühl' auch ich einmal, daß ich noch auf der Welt bin. Ihr muß wirklich zuvor das Schlimmste begegnet sein, ehe mir was Gutes begegnen kann; als sie jüngst wegen Zahnschmerz und Backengeschwulst vierzehn Tage lang das Maul nicht öffnen konnte, hatt' ich den Himmel auf Erden." Ich lud Schnock ein, mich ins Posthaus zu begleiten und dort eine Flasche Wein mit mir auszustechen. "Ich weiß mich", sagte ich, als er bedenklich zu zögern schien, "vor Langeweile nicht zu lassen, und wo find' ich Gesellschaft?" Er willigte ein, und nicht lange dauerte es, so saßen wir uns auf meinem Zimmer mit gefüllten Gläsern gegenüber. Es gibt untrügliche Kennzeichen, wodurch sich der geübte Trinker von dem angehenden unterscheidet; wenn dieser, während er das süße, flüssige Feuer hinuntergießt, die Augen wollüstig zukneift, und in innigem Behagen noch mit dem letzten Tropfen die Zunge erquickt, so spritzt jener bloß ein wenig den Mund, trinkt mit offnen Augen und ignoriert den Tropfen, da er die Erfahrung gemacht hat, daß dieser Nachzügler den Durst, statt ihn zu löschen, nur aufs neue weckt. Schnock, das sah ich gleich, war kein angehender Trinker; er trank das erste Glas nur, um recht bald zum zweiten zu kommen, und an eine Entsiegelung seines inneren Menschen, auf die ich mich freute und derentwegen ich ihn eingeladen hatte, war von Entsiegelung der dritten Flasche nicht zu denken. Ich gab mich gegen ihn für einen geschiedenen Ehemann aus und sagte, ich hätte bloß darum mein Vaterland verlassen, weil mein rachsüchtiges Weib mir ihre sämtlichen Liebhaber, einen nach dem andern, mit Herausforderungen auf den Hals schicke, was mir über kurz oder lang das Leben kosten könne. Diese Eröffnung machte ihn treuherzig, aber eine Unvorsichtigkeit, die ich gleich hernach beging, hätte das günstige Vorurteil, das er für mich zu fassen begann, fast im Keim wieder zerstört. Ich zog nämlich, weil sie mir unbequem waren, meine

Taschenpistolen hervor und legte sie neben mich auf den Tisch. Plötzlich—er war schon in recht lebhaften Mitteilungen über sein Märtyrertum begriffen gewesen—stockte der Fluß seiner Rede, er entfärbte sich und sah mich an. Ich bemerkte die Veränderung, die mit ihm vorgegangen war, früher, als ich sie begriff, und bemühte mich, ihrer Ursache auf die Spur zu kommen, aber schneller als all mein Nachsinnen verhalf mir eine zufällige Bewegung meiner Hand zur Aufklärung über den zweifelhaften Punkt. In der Zerstreuung ergriff ich eine der Pistolen, die ungeladen waren, und spannte spielend den Hahn; da sprang Schnock von seinem Stuhle auf und versicherte mir mit einem Gesicht, welches gegen den Mund die bündigste Protestation einlegte, er halte sich in meiner Gesellschaft für sicher. "Ihr seid's vollkommen, lieber Meister," versetzte ich; "die Dinger da drückten mich, ich führe sie zu meiner Verteidigung auf Reisen bei mir, aber um mich nicht selbst zu schädigen, lade ich sie nicht, außer wenn ich bei Nebel und Nacht durch dicke Waldungen komme." Zum Zeugnis der Wahrheit meiner Relation drückte ich die Pistole, welche ich eben in der Hand hielt, ab. "Ich", entgegnete Schnock, indem er sich wieder mit alter Behaglichkeit niederließ, "würde doch Pistolen und dergleichen niemals mit mir führen; denn davon bin ich überzeugt, wenn die Gefahr wirklich an den Mann herantritt, so vergißt man's entweder, daß man sie hat, oder man schießt beim Abfeuern fehl und reizt so den Menschen, der es vielleicht nur auf einfache Räuberei abgesehen hatte, zu Mord und Blutvergießen."—"Ihr habt nicht unrecht," erwiderte ich, mein Lachen verbeißend, was mir, wenn's mir nur einmal gelingt, immer gelingt, "und da wär's gar möglich, daß man, nachdem man durch die erste Pistole den Mordgedanken erweckte, durch die zweite niedergestreckt würde; ich setze den Fall, daß der Räuber keine Waffe bei sich führt und sich ihrer bemächtigt."— "Freilich, freilich!" versetzte Schnock und trank, sichtlich erfreut, zwei Gläser hintereinander. Die dritte Flasche war halb geleert, da stand er plötzlich auf, trat mit pfiffigwichtiger Miene vor mich hin und fragte mich: "Sagt mir doch, bin ich eigentlich feig?"—"Es scheint wohl nur so!" antwortete ich, einigermaßen verdutzt. "Gewiß!" versetzte er und nahm wieder Platz, "daß ich's nicht bin, davon, glaub' ich, hab' ich Euch heute den Beweis gegeben. Ich traue Euch nichts Böses zu, bei Gott nicht! sonst wär' ich keine fünf Minuten geblieben; aber, dies könnt' Ihr nicht leugnen, Ihr seid mir wildfremd. Ihr ladet mich ein, Euch auf Euer Zimmer zu begleiten und Wein mit Euch zu trinken, jeder andere hätte, und mit Recht, aus Eurer Splendidität Argwohn geschöpft und die sonderbare Einladung mit Abscheu abgelehnt; ich unterdrücke meinen Verdacht und gehe mit Euch. Ich denke, ich bin nicht feig!"—"Ei, Meister Schnock," erwiderte ich, "wie kommt Euch denn der Einfall, daß Ihr feig wäret?"—"Weil," versetzte er hastig und schenkte sich ein, "weil sie mich alle für feig halten, ja, weil ich, Stunden, wie diese, ausgenommen, selbst das ganze Jahr hindurch,

Gott weiß, woran es liegt! glaube, daß ich's bin." Jetzt verschwand bei ihm die letzte Spur von Zurückhaltung, um so mehr, als er erfuhr, daß ich nicht im Orte bleibe, sondern gleich den nächsten Tag wieder abreise, er machte mich zum vollständigsten Vertrauten seiner Lebens-, das heißt Märtyrergeschichte, und ich erhielt Gelegenheit, in die Mikrologien seines Daseins hineinzuschauen, das mir so putzig vorkam, als ob es gar nicht seiner selbst wegen, sondern zur Belustigung eines größeren geführt würde. Ich darf nun freilich nicht vergessen, daß meine Leser nicht, wie ich, gezwungen sind, in dem Marktflecken Y. einen ganzen Tag auf die Post zu warten und muß darum den größten Teil von Schnocks Mitteilungen für mich behalten; denn bei mir hatten sie nur mit einem alten Kalender, den ich durchblättern, mit den Fensterscheiben, die ich hätte zählen können, zu rivalisieren, was hoffentlich bei keinem meiner Leser der Fall ist. Ich glaube jedoch, daß einiges daraus sie auch in einer weniger verzweifelten Situation ergötzen kann, und bitte sie, wenn ich mich hierin täusche, den Grund nicht in dem Mann und seinen Erlebnissen zu suchen, sondern in meiner Unfähigkeit, ihn treu, bis in das Haargewebe seiner Bestimmungsgründe hinein, zu zeichnen. Um dieser Unfähigkeit möglichst zu Hilfe zu kommen, lasse ich ihn selbst reden.

Zweites Kapitel
Schnock erzählt:

Fragt man mich, warum ich ein Weib genommen habe, das ich jetzt selbst fürchten muß, so kann ich auf diese Frage vernünftiger antworten als Tausende von Ehemännern, die mein Schicksal teilen. Sie pflegen schmachvollerweise für sich anzuführen, daß ihre Drachen ihnen in Engelsgestalt entgegengetreten seien, als ob dies nicht eben die Natur des Weibes wäre, und als ob es, Adam ausgenommen, der das freilich nicht wissen konnte, da kein anderer ihm seine Erfahrungen vermacht hatte, irgend jemandem zur Entschuldigung gereichen könnte! Solche Toren darf ich verachten; denn ich habe mich niemals über meinen Hausteufel und das Geschlecht, dem es angehört, getäuscht, und wenn ich dennoch sein Gespons geworden bin, so ist das wenigstens nicht meiner Verblendung beizumessen. Nie wär's mir eingefallen, mich aus eigener Bewegung nach einem Weibe umzusehen, und wer das zu ruhmredig findet, der lasse sich sagen, was ich schon in meinem zehnten Jahre erlebte, dann wird er's begreifen. Ich stand dabei, als meine Mutter meinem Vater die Oberlippe abbiß, weil er nach einem heftigen Zank zu früh auf den Versöhnungskuß drang, ich sah sein Blut stromweis in den Bart rinnen und den Hemdkragen färben. Wer an meiner Stelle hätte nicht schaudern, wie ich, das Gelübde getan, niemals wieder einen

Menschen an dem Ort, wo er Zähne hat, zu küssen, und wer könnte dies Gelübde halten und zugleich doch beweiben wollen? Aber meine jähzornige Mutter bestand, als ich in die Jahre kam, mit Ungestüm darauf, daß ich mich verheiraten solle, sie fragte mich, ob ich ein sonstiges Mittel wüßte, ihr Enkel zu verschaffen, oder ob sie andern alten Frauen in ihren Ansprüchen auf die großmütterlichen Würden und Freuden nachstünde, und darauf ließ sich nicht viel erwidern. Ich mußte mich also in den Gedanken ergeben, daß ich ihretwegen mit irgendeiner Person weiblichen Geschlechts früher oder später eine eheliche Verbindung würde eingehen müssen, wenn sie nicht wieder Erwarten und Verhoffen früh wegstürbe, und da das letztere nicht geschah, so irrte ich mich hierin auch keineswegs. Zwar zog ich die Entscheidung noch lange hinaus und feierte noch manchen Geburtstag als Junggesell, worin für mich zu der Zeit, von der ich spreche, der Hauptreiz dieses Festes lag. Aber als unsre alte Familienkatze verreckte und bald darauf unser Mops an einem Kloß, den er zu heiß hineinfraß, erstickte, da wurde meiner Mutter die Stille, die nun in unserm Hause eintrat, so unerträglich, daß mir alle meine Ausflüchte nichts mehr halfen, und daß sie die entstandene Lücke um jeden Preis mit einer Schwiegertochter ausgefüllt sehen wollte. Auch begünstigte der Zufall sie; denn Jungfer Magdalena Kotzschneuzel, die Stickerin, mietete sich eben damals in unsrer Nachbarschaft ein und wußte sie durch einige wohlangebrachte Aufmerksamkeiten, die sie ihr erwies, namentlich dadurch, daß sie bei einer gewissen Gelegenheit ihren Rat einzog und ihn auch treu befolgte, so sehr für sich einzunehmen, daß ich bald beim Frühstück, beim Mittags- und Abendessen nur noch von ihren Vorzügen reden hörte. "Weißt du, daß Lene keinen Faden am Leibe trägt, den sie nicht selbst gesponnen hat?" wurde ich des Morgens regelmäßig befragt, und die dritte Tasse Kaffee wurde mir gewiß nicht eingeschenkt, wenn ich diesen schlagenden Beweis der Altmütterlichkeit nicht mit vollen Backen pries. Des Mittags ward mir gewöhnlich mitgeteilt, daß sie einmal einige hundert Gulden aus der Lotterie gewonnen habe, und als ich darauf das erstemal spitzig bemerkte: sie spiele also! ward ich mit einem hastigen: "Nein! sie hat das Los auf der Straße gefunden!" zurechtgewiesen. Des Abends mußte ich mir die Auseinandersetzung gefallen lassen, daß sie sich im Gegensatz zu andern Älter mache als sie sei, weil sie's für eine größere Ehre halte, mit zu den ehrbaren Matronen gerechnet zu werden, als zu den leichtsinnigen, jungen Mädchen, deren Klasse sie bei ihren fünfundzwanzig Jahren doch noch angehöre, und daß ein Mann, der das wisse und nicht um sie würbe, ein Narr sein müsse. Da dies alles bei mir nicht anschlug, nahm sie sie plötzlich, ohne mir vorher auch nur ein Wort zu sagen, auf einige Tage zu sich ins Haus, eines Kleides wegen, das geändert werden mußte, wie sie vorgab, das sie aber niemals wieder trug. Ich wußte recht gut, was dahinter steckte und suchte mich dem

Frauenzimmer von meiner unangenehmsten Seite darzustellen, rasierte mich nicht, trug immer meinen schlechtesten Rock, legte mein Schurzfell niemals ab, war stets mürrisch, als ob ich mit gerunzelter Stirn auf die Welt gekommen wäre und erwies ihr nicht die kleinste Gefälligkeit, nicht einmal die, ihr den Nähring wieder aufzuheben, wenn sie ihn fallen ließ. Dabei ließ ich es nicht bewenden, ich machte meinen Gesellen, der von Person nicht unansehnlich und im Handwerk geschickt war, auf das Mädchen aufmerksam, ich strich sie gegen ihn heraus, wie sie gegen mich herausgestrichen wurde, ich redete ihm sogar ein, daß sie jedesmal erröte, wenn sie ihn erblicke. Aber beides schlug mir zum Unheil aus; denn Lene stieß sich nicht im geringsten an meinem Benehmen, sie entschuldigte mich gegen meine Mutter, wenn diese mir meine Nachlässigkeit verwies, aufs eifrigste und meinte, wer mit ganzer Seele beim Gewerbe sei, wer darüber nachsänne, wie er hier einen neuen Kunden gewinnen, dort einen abtrünnig gewordenen wieder heranbringen wolle, der könne freilich nicht nebenbei geschniegelt und gestriegelt gehen wie ein Ladendiener und sich auf Höflichkeiten verlegen wie ein Barbiergehilfe; mein Gesell dagegen fing Feuer und rächte sich natürlich später, als ich ihm notgedrungen in die Quere kam, auf empfindliche Weise für meine anscheinende Falschheit. Als Lene unser Haus wieder verließ, war meine Mutter womöglich noch mehr für sie eingenommen wie früher; sie besuchte sie täglich und auch zwischen ihr und mir entspann sich, so sehr ich auf meiner Hut war, bald eine Art von Verhältnis. Ich konnte nicht aus der Tür treten, ohne sie an ihrem Fenster hinter den Blumen bei der Arbeit sitzen zu sehen, da wurden denn gegenseitige Grüße ausgetauscht, und was läßt sich nicht an Grüßen anknüpfen; haben sich doch gewiß noch niemals Leute gestritten und totgeschlagen, die nicht im Anfang Guten Tag! zueinander gesagt hätten! Eines Abends ging ich aus; es war schon gegen zehn Uhr, ich hatte einen Sarg gemacht, was für einen Tischler eine so dringende Arbeit ist, wie ein Bräutigamsrock für einen Schneider, und wollte vorm Niederlegen noch ein wenig im Freien verschnaufen. Ich schlenderte, die Pfeife im Munde, an Lenes Fenster vorüber und glaubte mich unbemerkt, da öffnete sie und fragte mich, warum ich denn so eile. Ich blieb stehen und erwiderte, daß ich das selbst nicht wisse. Dann, versetzte sie, möge ich auf einen Augenblick zu ihr hereinkommen, ich habe sie noch nicht ein einziges Mal besucht, und sie könne doch am Ende verlangen, daß das geschehe. Ich konnte hiegegen nichts einwenden und ging auf die Tür zu, fand sie aber verschlossen. "Ei," rief sie aus, als sie das bemerkte, "ist meine alte Hausfrau schon zu Bette? Nun, steigt ins Fenster, was macht's unter uns?" Der Antrag machte mich stutzig, aber nicht lange, ich dachte: deine Mutter sitzt drüben im Zimmer und sieht's, sie hält dich, kurzsichtig, wie sie ist, für irgendeinen Hans Liederlich und die da für—Schnell, wie der hitzigste Liebhaber, stieg oder sprang ich vielmehr hinein.

Wie hatte ich mich verrechnet! Lene suchte noch den Schwefelfaden, womit sie ihr Licht anzünden wollte, als mir schon wütend nachgeschimpft wurde. Ich erkannte die Stimme meines Gesellen, der hinter mir hergeschlichen sein mochte. Gewiß war in den letzten hundert Jahren kein Schimpfwort erfunden worden, das mir nicht an den Kopf flog, und diejenigen, die des Geschlechts wegen nicht auf mich paßten, sprudelte er gegen Lene aus. Ich schwieg still, Lene dagegen zündete ihr Licht an und fragte ihn darauf ruhig, ob er ihr Vater oder ihr Bruder sei. Als er dies verneinte, erwiderte sie, dann hätte er auch nichts drein zu reden, wenn er ihren Bräutigam bei ihr fände; denn das sei ich. Dabei umarmte sie mich und sagte: "Nicht wahr, Christoph? Es wäre dir ja nie eingefallen, zu einem unbescholtenen Mädchen bei Nacht ins Fenster zu steigen, wenn du nicht die ernsthaftesten Absichten hegtest? mir wäre es wenigstens nie in den Sinn gekommen, dich dazu einzuladen, wenn ich diese nach den Eröffnungen deiner Mutter nicht hätte voraussetzen dürfen!" Ich schwieg noch immer und schwieg so lange, bis ich fühlte, daß mein Schweigen schon alles entschieden hatte, und daß es lächerlich sei, nicht darin zu verharren. Mein Gesell zog sich hohnlachend zurück. Lene entließ mich aus der Umarmung, die mir wie eine Falle vorkam, ich näherte mich wieder dem Fenster. Sie aber bemerkte das kaum, als sie mich bei den Rockschößen ergriff und mich fragte, wann wir Hochzeit machen wollten; ob es mir recht sei, wenn es zu Michaelis geschehe, wie die Mutter vorschlage, oder ob ich auf einem andern Tag bestünde. "Vor Allerheiligen laß ich mich auf nichts ein!" versetzte ich fest und bestimmt und sprang, ohne die Gegenrede abzuwarten, mit einem Satz hinaus. Draußen empfing mich mein Gesell mit geballten Fäusten und fiel über mich her. Ich hielt es für meine Schuldigkeit, mich von ihm durchprügeln zu lassen, und ließ ihn gewähren, versuchte jedoch zugleich, ihn über das Ereignis aufzuklären, was freilich nur dazu führte, daß er mich, wenn er seinen Armen ein wenig Ruhe gönnte, einen doppelten und dreifachen Windbeutel nannte und dann wieder mit erneuter Wut auf mich losschlug. Endlich packte er mich gar bei der Kehle und gab sich alle Mühe, mich niederzuwerfen; es hatte den ganzen Tag geregnet, die Erde war kotig, und wer seinen besten Rock trug, wie ich, mußte jede Berührung mit ihr, ausgenommen diejenige, der man nicht ausweichen kann, scheuen. Ich konnte daher nicht länger umhin, dem unsinnigen Menschen, dem ich an Leibesstärke überlegen war, einen Schlag zu versetzen, und gab ihm einen ins Gesicht, hatte es aber kaum getan, als ich's auch schon bereute: denn ich hatte ihn gerade auf die Nase getroffen, und er stürzte lautlos, wie ein Ochs von der Axt des Metzgers, zu Boden. Ich glaubte, ein unfreiwilliger Mörder geworden zu sein und verfluchte mein Schicksal; denn ich erinnerte mich von meiner Wanderschaft her eines Falls, wo ein Schmied im Streite einen Schneider durch einen einzigen Schlag getötet hatte, und ich wußte, was meine Faust

21

vermochte, wenn ich ordentlich damit ausholte. Ich schwur dem Himmel, noch denselben Abend, falls es verlangt würde, mit Lene Hochzeit zu machen, wenn er den Menschen wieder auferwecke; ich schwur dem Menschen, das Mädchen mit keinem Auge mehr anzusehen, wenn er von selbst wieder aufstehe, und ich wurde mir des Widerspruchs zwischen beiden Schwüren gar nicht bewußt. Ich fing an, mich nach Dingen zu sehnen, wonach sich wohl noch niemand gesehnt hat: nach einem Lümmel aus dem Munde meines Feindes, nach einem Hungerleider, ja nach einer Ohrfeige und einem Fußtritt. Zuletzt trat ich, um zu erproben, ob noch Leben in ihm sei, ihm derb auf die ausgestreckt daliegende Hand. Da richtete er sich schnell etwas empor und biß mich, um mir den Beweis gründlich zu geben, ins Bein. Es tat sehr weh, und ich stieß einen lauten Schrei aus, doch innerlich freute ich mich über diesen Biß. Nun nieste er, sprang auf und drang wieder auf mich ein. Um ihn nicht doch noch totzuschlagen, macht' ich mich auf die Füße und langte, verstörter wie jemals, bei meiner Mutter an. Sie kam mir auf der Flur mit brennender Lampe entgegen und empfing mich mit ärgerlich-freundlichem Gesicht. "Wo bist du gewesen?" rief sie mir zu, konnte aber ein dumm-kluges Lächeln nicht unterdrücken, voraus und sah, daß ich die Frage nicht zu beantworten brauchte. Ich zeigte auf mein blutendes Bein und sagte: "Gott vergebe dir, was du an mir getan hast!" Dann ging ich, ohne ihr weiter Rede zu stehen, in meine Schlafkammer, riegelte mich ein und öffnete ihr nicht einmal die Tür, als sie mir altes Leinen zum Verband der Wunde brachte, sondern zerriß zu diesem Zweck in meiner Erbitterung ein ganz neues Hemd. Übrigens schlief ich in der auf diesen Abend folgenden Nacht besser, als man vielleicht erwartet, was ich dem Umstand beimesse, daß es bis Allerheiligen noch ein volles Vierteljahr hin war. Wer es, wie ich, so lange Zeit vorher weiß, wann er in den Ehestand eintreten muß, der wird, wenn er nicht ganz und gar auf den Kopf gefallen ist, nicht blindlings hineinrennen, wie der Fuchs in die Falle, er wird mit Umsicht und Bedächtigkeit zu Werke gehen und jede Vorsichtsmaßregel ergreifen, die dem Menschen in solcher Lage zu Gebote steht. Mein erstes gleich nach dem schauerlichen Verlobungsabend war, meiner Braut die Überzeugung beizubringen, daß es mir an körperlichen Kräften nicht mangle. Ich trug, wenn ich sie bei meiner Mutter oder sonst in der Nähe wußte, dicke Balken, rammte ohne Beihilfe des Gesellen mit großer Mühe Pfähle ein, ja, eines Nachmittags schleppte ich die ganz schwere Hobelbank von Eichenholz auf dem Rücken fort, was eine Pferdearbeit war. Ebenso stellt' ich mich bei schicklichen Gelegenheiten, als ob ich sehr hitzigen auffahrenden Temperaments wäre; als mich einmal eine Mücke ins Gesicht stach, fluchte ich barbarisch und versetzte mir, anscheinend der Mücke wegen, einen so grimmigen Schlag auf die Nase, daß Blut floß; auf eine Maus, die eines Morgens in der Küche, wo Lene meiner Mutter beim Gänserupfen half, zum Vorschein kam, fuhr ich mit einem Lärm los, daß beide

Frauenzimmer laut aufschrien, und gleich darauf dreht' ich einem schreienden jungen Kätzchen, das ich getreten hatte, den Hals um, wobei es mich stark kratzte. Mehrere Male stieß ich einen alten Bettler, nachdem ich ihm zuvor heimlich einen Schilling zusteckte, damit er es sich gefallen lasse, zur Tür hinaus; meinen Lehrjungen schalt ich einst, noch vor dem Frühstück, einen Ochsenkopf und drohte ihm, ich wollte ihn hinterm Schornstein aufhenken, worüber der kleine Knirps so erschrak, daß er mir selbst leid tat. "Bist du so voll Galle?" fragte mich Lene, mir die Hand drückend, als ob's ihr sehr gefiele. "Wie man's nehmen will!" versetzte ich kurz und ließ ihre Hand los. "Du bist ja ein ganz anderer auf der Wanderschaft geworden," sagte meine Mutter, "früher warst du fromm und sinnig, wie ein Lamm! "—"Jedem Menschen wachsen die Zähne!" erwiderte ich und pfiff einen Galoppwalzer. Ich kam zuletzt ordentlich in die Gewohnheit hinein, der Ton meiner Stimme nahm etwas Rauhes an und meine Gebärden wurden verwegen. Ich glaube auch noch immer steif und fest, daß ein Mensch an Herzhaftigkeit und Geistesgegenwart gewöhnt werden kann, wie z. B. an Reiten, Springen und Schwimmen, nur muß man ihn von früh auf dazu anhalten; angeboren ist's keinem, jeder hat sein Leben lieb. In meiner Jugend geschah das nicht; ich durfte nicht an den Bach gehen, denn meine Mutter fürchtete, ich möchte ertrinken; wenn ich mit andern Knaben spielte und etwas schnell lief, so rief sie mir zu: "Stoffelchen," sie nannte mich bis in mein sechzehntes Jahr, wo ich's mir ernstlich verbat, immer Stoffelchen, "nimm dich in acht, daß du nicht fällst und dir den Kopf zerschlägst;" als ich einmal auf unsern kleinen Kirschbaum zu klettern versuchte, riß sie mich bei den Haaren wieder herunter. Ja, hätt' ich nur noch in meinem zweiundzwanzigsten Jahr, wie so viele meiner Kameraden, Soldat werden müssen! Dieser beständige Umgang mit geladenen Gewehren, diese Handhabe scharfer Bajonette, diese Furcht vor dem Unteroffizier, diese Angst vor Foppereien, die nicht ausbleiben, wenn man nichts Männliches an sich hat: dies alles hätt' aus mir einen Kerl gemacht, der so gut wie jeder andere sich in Wirtshäusern den Knebelbart gestrichen, grimmige Blicke wie Kugeln verschossen und ohne Anlaß mit geballten Fäusten auf den Tisch geschlagen hätte. Nun, es hat nicht so sein sollen, und hat Gott mir bis hierher geholfen, so wird er mir auch bis an mein seliges Ende helfen.

Auf Lene machte dies freilich Eindruck, aber er war anderer Art, als ich beabsichtigt hatte. Statt vor mir, wir vor einer gefüllten Pulvertonne, zurückzuschaudern, schien sie immer mehr Geschmack an mir zu finden: ich glaube, ich hätte der Teufel selbst sein können, ihr wär's recht gewesen, sie mochte sich's zutrauen, selbst den Teufel zu bändigen. So war mir's denn ziemlich gleichgültig, als der Plan, den ich eines Sonntagsmittags—Sonntags mußt' ich sie spazieren führen—auf einen großen, uns begegnenden Pudel baute, zu Wasser ging. Sie hatte mir nach ihrer Unart eben ins Ohr

gesagt: "Ich hab' dich doch recht lieb, Christoph!"—"Der
Pudel da," dacht' ich, "soll dich von der verdammten Liebe
etwas kurieren und dir einigen Respekt vor deinem
künftigen Man einflößen; ich will dir's zeigen, daß ich's nicht
bloß mit Mäusen und Kätzchen aufnehme, sondern, seines
giftigen Gebisses ungeachtet, auch mit einem Hund." Also
schritt ich, ohne ihm, wie sonst, auszuweichen, frisch auf den
Pudel zu. Es war eine drückende Hitze; der Pudel, halsstarrig
bis zur Faulheit, verfolgte, zwar noch nicht knurrend, aber
doch schon frech und unverschämt zu mir aufblickend, in
gerader Linie seinen Weg. Lene wollte ausbiegen. "Ei was!"
rief ich, sie festhaltend, "du wirst doch den niederträchtigen
Köter nicht fürchten?" Ich holte wie vom Teufel besessen mit
dem Spazierstöckchen aus zum Schlag. Der Pudel zieht sich
nicht zurück, herausfordernd die Zähne fletschend sieht er
mich an. Gereizt schlage ich wirklich zu. Sollte man's
glauben? Die aufsätzige Bestie schnappt mir nach den
Waden, statt sich auf die Flucht zu begeben. Da überwältigt
mich meine Natur, ich reiße mich von meiner Braut los und
springe über den Graben. Scham ergreift mich, als ich mir
des unwillkürlichen Ausreißens bewußt werde, ich wage
kaum, mich umzusehen. "Die Gefahr ist vorüber!" ruft laut
lachend Lene mir zu; zu meinem großen Ärger bemerke ich,
daß sie den Hund richtig mit Steinwürfen vertrieben hat und
ihm, mir zum offenbaren Hohn, noch einige nachsenden will.
"Liebes Kind," sag' ich, "nimm dich in acht, bedenkst du denn
nicht, daß wir in den Hundstagen sind? Er ist ja toll!"—

"Was?" ruft sie, plötzlich erschreckend, aus und läßt ihre Steine zu Boden fallen. "Allerdings," versetze ich und kehre wieder an ihre Seite und; "bemerktest du nicht, wie ihm der Schaum vorm Maul stand, wie er den Schwanz zwischen die Beine klemmte, wie häßlich rot seine Augen waren, welch unnatürlich Gelüst er zum Menschenfleisch trug?" In diesem Augenblick ging der abscheuliche Pudel, heiß, wie er vom Rennen sein mochte, zu Wasser, mich in seiner tierischen Dummheit Lügen strafend. Doch Lene ward es nicht gewahr; sie schoß einen wütenden Blick auf mich, den ersten, wenn mir recht ist, und rief mit vor Zorn und Schreck fast erstickter Stimme: "Und das sagtest du mir nicht gleich?" Wunderbar ist meine Gabe, die Lüge spitz zu kriegen, wenn's darauf ankommt, mich herauszulügen. "Kind," antwort' ich und pflücke für sie, um mich ihren, gleich zwei geladenen Pistolen, auf mich gerichteten Augen zu entziehen, am Rand des Grabens ein Vergißmeinnicht, "konnt' ich's denn wissen, daß du's nicht gelesen hast, was im Kalender über tolle Hunde steht?"—"Nun," erwidert wie mit der ihr eigenen, unweiblichen Gefaßtheit und steckt die Blume, die ich ihr galant überreiche, an die Brust,"den Hals hat's ja nicht gekostet. Hoffentlich hast du bei dem kühnen Sprung die Knochen nicht verrenkt?" Dies war Spott, ich merkt' es gleich und antwortete nichts.

"Im Wein ist Wahrheit!" sagt das Sprichwort. Es gilt aber nur von der einen Hälfte des menschlichen Geschlechts, von der männlichen; die Weiber beichten niemals, auch nicht dem Wein. Das hab' ich noch an demselben Sonntag erfahren. Mit List bracht' ich Lene in den Hinckeldeyschen Garten. "Wir können dort Kaffee oder Tee trinken", sagt' ich, ich wußte aber wohl, daß außer Wein, Rum und ähnlichen Mauerbrechern nichts zu haben war. Als der herbeigerufene Kellner dies erklärte, stellt' ich mich verwundert und sah Lene mit einem verdrießlichen Gesicht an. "Nun," sagte sie, "so lass' Wein bringen, aber für mich Wasser dabei."— "Herrlich geht's", dacht' ich und rieb mir vergnügt die Hände; dann bestellt' ich Vierundachtziger, der, wie ich wußte, stark und schnell zu Kopfe stieg, auch eine reichliche Portion Zucker; denn durch den verführt man die Weiber am leichtesten zum Trinken. "Deine Gesundheit!" rief ich, ihr das volle Glas, in das ich viel Wein und wenig Wasser gegossen hatte, hinreichend. Sie wollte es nur halb austrinken, ich ließ das aber nicht gelten, und weil die letzte Hälfte wegen des Bodensatzes von Zucker süßer war, als die erste, so ließ sie nicht gar zu lange in sich dringen. Höflich, ich hatt' es erwartet, sagte sie dann: "Jetzt aber auch deine!" Rasch schenkte ich die Gläser wieder voll. "Unmöglich," rief sie, "kann ich's ganz leeren, mir wird schon so wunderlich! "— "Dann", versetzte ich, "hast du mich auch nicht lieb." Einen Augenblick sah sie vor sich nieder in den Schoß; dann trank sie langsam, mir die Hand über den Tisch gebend,—ich saß nicht an ihrer Seite, sondern ihr gegenüber—und mich fest ansehend, das Glas aus. Es ward ihr schwer, das sah ich.

"Nun wird sie bald übersprudeln," dacht' ich, "saubere Dinge werd' ich erfahren, aber gut ist's, wenn man's weiß, woher der Wind weht, man kann sich danach richten." Ich trat ihr, wie aus Versehen, auf den Fuß und hoffte, sie sollte's übelnehmen; sie hielt's, angetrunken, wie sie war, für ein Liebeszeichen. "'s tut nichts," dacht' ich, "die Bosheit wird wohl zum Vorschein kommen, wenn die Besinnung noch mehr schwindet; schon tritt ihr ein verdächtiges Rot auf die Wangen, ihre Augen schwimmen. "—"Aber meine Mutter!" sagt' ich und schenkte noch einmal die Gläser voll. "Ja, deine Mutter," erwiderte sie lebhaft, "aber ich nippe nur ein wenig!"—"Besser etwas, als gar nichts!" dacht' ich und ließ es dabei bewenden. Jetzt sah sie fast gar nicht mehr auf, sondern lächelte in einem fort still vor sich hin. Aufmerksam paßt' ich auf jede ihrer Bewegungen. Recht zur glücklichsten Stunde stellte sich, schnüffelnd im Garten herumkreuzend, ein Pudel ein. "Der wird die Mühle in Gang bringen", dacht' ich und pfiff dem Hund. Nicht ganz hatte ich mich verrechnet. "Nimm dich doch in acht, mein Schatz," rief sie, sowie sie bemerkte, daß ich den Hund lockte, "er kann toll sein, oder es werden." Dabei lachte sie, daß ihr Tränen in die Augen traten. Aber es erfolgte weiter nichts. Aus Unvorsichtigkeit stieß ich die Wasserflasche um, das Wasser, an allen Seiten vom Tisch herabströmend, näßte, bevor sie ausweichen konnte, ihr Kleid ein. "Ach, Herr Jesus!" rief sie und flog von ihrem Sitz auf. "Nun kommt's!" dacht' ich und spitzte die Ohren; doch der Herr Jesus war der bloße

Vorläufer eines gutmütigen "Es tut nichts, es ist ja kein Wein!" Ärgerlich mich in die Lippen beißend, begann ich, auf mich selbst zu schimpfen und mich herabzusetzen. "Ungeschickt", fing ich an, "bin ich, wie ein Schulkind. Als ich—dies war nicht erlogen—das letztemal zum Abendmahl ging, plumpte ich, solltest du's glauben, vor dem Altar, da ich eben aus dem Kelch nippen sollte, nieder, wie ein zu schwer beladener Mülleresel."—"Pfui!" unterbrach sie mich und rümpfte die Nase. "Ja," fuhr ich mit Lebhaftigkeit fort, "als ich das Kind meines Vetters zur Taufe hielt, ließ ich den armen Wurm aus den Kissen gleiten und auf den Taufstein fallen, wo er sich an einer Ecke jämmerlich den Kopf zerstieß."— "Wie? was sagst du?" fragte sie, als ich ihr, verächtliche Blicke, Kopf schüttelnd u. dgl. mehr erwartend, keck und mit Lüsternheit in die Augen sah. Mit Übertreibungen wiederholte ich die ohnehin nur halbwahre Taufgeschichte. "Ach," seufzte sie, "ich hab' so viel Kopfweh, hätt' ich doch den Wein nicht getrunken!" Ich ward immer hitziger, wie ein Jäger, wenn er oft abdrückt und niemals trifft, und warf mich nun ganz in die Lüge. "In Bremen", erzählt' ich, "stieß ich einem Bäckergesellen, mit dem ich zusammenschlief, nachts beim Umwenden im Schlaf mit dem Ellbogen das Auge aus."—"Das ist ja fürchterlich!" fuhr sie auf. "Du könnt'st ja wohl, wenn du schläfst und träumst, das Haus in Brand stecken!"—"Gewiß!" fuhr ich heuchlerisch-ruhig fort, "nachtwandelnd hab' ich mich in Frankfurt a. M. ohne irgendeinen vernünftigen Grund einmal erhenkt. Der Strick war mürbe und zerriß; sonst säß' ich hier wohl nicht und tränke auf deine Gesundheit."—"Du treibst Possen!" sagte sie, laut auflachend, und hielt mir die Hand vor den Mund. "Es ist die reine Wahrheit," versetzt' ich mit einem Ernst, dem sie Glauben schenken mußte, ich bin nun einmal solche in Unglücksmensch; was mir passiert, passiert so leicht keinem zweiten." Ich seufzte kläglich, dann fragt' ich schlau: "Nicht wahr, Lene, wenn du gewußt hättest, wie's eigentlich um mich stünde, du würdest dich für einen solchen Mann bedankt haben?"—"So etwas ist freilich schlimm," gab sie zur Antwort, "doch das wollen wir schon kriegen!"—"Wieso? wie meinst du?" fragt' ich schnell und lauernd. "Ach was!" sagte sie, stand auf und gab mir, worum es mir am wenigsten zu tun war, einen Kuß. Und zu Loch war die Schlange und ließ sich nicht wieder heraustreiben. Nichts erfuhr ich von ihren Tücken und Ränken, nichts von den Plagen und Quälereien, die sie mir in so reichlichem Maße zugedacht; ja, gefallen mußt' ich mir's lassen, daß sie mir, als ob sie so nüchtern gewesen wäre, wie sonst, gleich nach dem Kuß ins Ohr flüsterte: "Ich hab' dich dessenungeachtet doch lieb!" Ich hatte ihr Herz, wie einen Wetterkalender, aufzuschlagen gehofft und wurde abgespeist mit dem schönen Einband.

An dem Abend jenes nämlichen Tags hab' ich zum ersten— und letztenmal in meinem Leben einen Geist gesehen. Ich sage das nicht, weil ich mir was drauf einbilde, sondern nur, weil es doch immer eine Merkwürdigkeit ist. Es war gegen elf Uhr, da ging ich über den Magdalenenkirchhof, um für meine Mutter, die von einem leichten Fieber befallen war, Kamillen zu holen. Man muß nämlich über diesen Kirchhof gehen, wenn man zur Apotheke will. Ich dachte—ich kann's beschwören—nicht an Geister und Gespenster, sondern nur daran, wie angenehm es sein würde, wenn ich erst wieder zu Hause wäre; ich lief, als ob meine Mutter zu Tod daniederläge, und sah nicht links noch rechts. Dennoch erblickt' ich plötzlich etwas Weißes, was lang und sonderbar in die Höhe ragte; ich wurde zu Eis, und doch—so ist der Mensch—blieb ich stehen; hätte der Geist mir gewinkt, ich wäre—das glaub' ich—gehorsam, wie ein Hund, zu ihm herangekommen. Aber, er bekümmerte sich nicht um mich, sondern schwebte, ohne nach Art der Geister ein Zeichen oder einen gräßlichen Ton von sich zu geben, langsam, langsam über die Gräber fort. Wird man's begreifen? Erst, wie er verschwunden war, kam mir die eigentliche Angst, da erst fiel mir's ein, wieviel Unheil er mir bei bösartigerer Gemütsbeschaffenheit hätte zufügen können. Kalter Schweiß brach mir aus, nun ich ihn nirgends mehr sah, glaubte ich ihn allenthalben zu sehen, wenn der Westwind mir in den Nacken blies, hielt ich's für einen Hauch von ihm und erwartete ärgere Mißhandlungen. Als ich das greuliche Ereignis am andern Morgen erzählte, fand sich gleich, wie das denn nie ausbleibt, ein Mann, der den Schlüssel dazu hatte. Der Prahlhans, der versoffene Barbier, der zuletzt im Hospital verreckt ist, wollte nämlich auf dem

Magdalenenkirchhof—er nannte ihn seinen Garten, weil er daran wohnte—der Abendkühle wegen im Schlafrock und in der Nachtmütze spazieren gegangen sein. Es war dem Kerl bloß um die Ehre, er wollte sich rühmen können, für einen Geist angesehen worden zu sein; man wird's mir aber wohl glauben, daß ich auch im Dämmerlicht einen Barbier von einem Geist zu unterscheiden weiß; denn das ist keine Kunst! Übrigens war selbst diese Geistererscheinung noch nicht das letzte Abenteuer jenes merkwürdigen Tages. Wie ich von der Apotheke zurückkehrte, vermied ich natürlich den mir doppelt unheimlich gewordenen Kirchhof und machte einen Umweg, der mich an einem tiefen Teich vorbeiführte. Wie ich mich dem Teich näherte, kam auf einmal ein Mensch dahergerannt, der, soweit ich beim schwachen Mondlicht darüber klar werden konnte, mit nichts als seinem Hemde bekleidet war und sich höchst sonderbar gebärdete. Bald starrte er ins Wasser hinein, dann sah er zum Himmel empor, endlich brach er in ein wildes Gelächter aus und sprang, wie unsinnig, in den Teich. "Was soll das?" rief ich ihm in einer wahren Todesangst zu oder vielmehr nach, "nehmt Euch in acht, niemand ist in der Nähe, der Euch wieder herauszieht!" Keine Antwort. Ich schritt bis an den Rand des Teichs vor, das Wasser bewegte sich in großen Kreisen, der Wind flüsterte im Schilf, von dem Menschen war nichts mehr zu sehen. "Ist das Spaß oder Ernst?" rief ich, die Zähne klapperten mir, ich vermochte kaum noch zu stehen. "Heda! Ihr dort unten, steigt herauf!"

Stille, wie vorher! "Gott im Himmel! es ist richtig ein Selbstmörder!" brach ich jetzt aus, als ob ich den Menschen bisher für einen Taucher gehalten hätte, "wer ein Christ ist, springt ihm nach und holt ihn mit Gewalt wieder herauf!" Wenig fehlte und ich hätt' es getan! man hat in solchen Augenblicken ein Gefühl, als ob man's nicht lassen dürfte. Ich nahm auch wirklich einen Anlauf, da aber fiel mir ein, daß er ja jedenfalls schon tot sei, und daß nur ein Narr sein Leben eines Kadavers wegen aussetze. Gedanken anderer Art drängten sich mir auf. "Wer ist's?" fragt' ich mich. Antwort: "Vielleicht dein Gesell!" Das kam mir bald äußerst wahrscheinlich vor, und was knüpfte sich nicht alles daran! "Wird man nicht glauben," dacht' ich, "du hast ihn hineingestürzt? Wird man nicht wenigstens behaupten, daß du, der du ihm fast zur Seite standest, aus absichtlicher Bosheit nichts für seine Rettung getan hast? Und hat das eine nicht Grund, wie das andere?" Ich sah mich nach allen Seiten um, ob noch außer mir jemand Zeuge dieses Selbstmordes gewesen sei, und beschloß, als ich mich des Gegenteils versichert hatte, den Vorfall zu verschweigen, um allen Verfänglichkeiten zu entgehen. Nun entfernte ich mich rasch, ward aber gleich, sowie ich am ersten Wirtshaus vorüberkam, von der schwersten meiner Befürchtungen befreit; denn mein Gesell saß drinnen bei einer Kanne Bier und schwur eben mit lauter Stimme, daß er sich an meinem Hochzeitstage schon vor Sonnenaufgang betrinken und mir jeden Schabernack spielen wolle, der ihm während des

Rausches in den Sinn käme. Den nächsten Morgen klärte sich das Ereignis auf. Der kranke Müller war seinem Wärter, dem man schuld gab, daß er fahrlässig gewesen und eingeschlafen sei, entkommen und hatte seinem Leben in einem Anfall von Verzweiflung ein Ende gemacht. Man sagte, er habe vom Krankenbett aus Dinge von seiner Frau gesehen, die er nicht wieder hätte vergessen können. Ich zweifle nicht daran.

Am auffallendsten war mir's, daß Lene jene Heuchelei und Verstellung noch monatelang im Ehestand fortsetzte; geradeso, als hätte sie sich einen Reiter zum Vorbild genommen, der sein Roß, das er hinterher durch Sporn und Peitsche genugsam plagt, beim Besteigen klatscht und streichelt. Nichts konnte im Haushalt geschehen, Schnock mußte erst befragt werden. "Meinst du nicht, Christopher," hieß es, "daß der Spiegel an jener Wand besser hinge? Ist's dir recht, wenn der rote Koffer seinen Platz verändert? Kann der Lehrbursch wohl einmal flink zum Krämer springen und mir etwas Seide holen, oder siehst du's nicht gern? Liebst du die Pfannkuchen braun gebraten, oder nicht?" Anfangs lacht' ich, wenn sie mit dem spitzbübisch-unschuldigsten Gesicht von der Welt Fragen der Art an mich richtete, und sagte: "Geh mir!" Zuletzt aber ging ich auf den Spaß ein, erklärte gravitätisch, wie Könige im Puppenspiel, meinen Willen und ergötzte mich nicht wenig, wenn die Suppe mittags wirklich so auf den Tisch kam, wie ich sie morgens beim Frühstück, wo ich, würdevoll den Großvaterstuhl ausfüllend, meine lächerlichen Instruktionen erteilte, bestellt hatte. Genau weiß ich mich noch des Tags zu erinnern, an dem die Herrlichkeit ein Ende nahm und mein Drache seine eigentliche Natur zum ersten Male hervorkehrte. Es war Mittwoch und Markttag, und ich hatte einem Gesellen die Arbeit aufgekündigt, als Streit mit ihm bekommen, d. h. gelinden, wo man sich bloß gegenseitig die Versicherung gibt, daß man einer ohne den andern leben könne. Ich glaube, alles ist in Ordnung, und freue mich, als mit einem Male der Gesell, da ich eben mein Lieblingsstück: "Wer nur den lieben Gott läßt walten usw." zu pfeifen anfange, vor mich hinspringt, mit geballter Faust auf die Hobelbank schlägt, daß etliches Gerät herunterfliegt, und mit Ungestüm verlangt, ich sollte sagen, was ich an ihm auszusetzen habe, er sei nicht von gestern und kenne die Welt. "Der glaubt am Ende," besorg' ich, "du hast ihn im Verdacht der Dieberei;" um ihn zu begütigen, sag' ich: "Die Fensterrahmen dort, die Ihr gemacht habt, können mir unmöglich gefallen, sie sind krumm und schief."—"Ich habe in Hamburg in einer der ersten Werkstätten gearbeitet!" fällt er mir trotzig ins Wort. "Drei Tage!" versetz' ich gedankenlos, aber dem Inhalt seines Wanderbuchs gemäß. "Was? Foppen wollt Ihr mich?" fährt er auf, "da soll Euch denn doch—" er unterbricht sich selbst, doch nur um den Rock abzuwerfen, dann dringt er auf mich ein. Ich kenne das Ende einer Prügelei zu gut, um den Anfang abzuwarten, und ziehe mich zurück, erst bis auf den Flur, dann, da er mich fluchend und schimpfend verfolgt, bis in die Küche, wo meine Frau gerade Rüben schabt. Die wirft auf mich einen Blick, daß ich denke, sie wird sich mit dem unsinnigen Menschen vereinigen, um meine Niederlage vollständig zu machen; aber, weit gefehlt, sie ergreift die Feuerzange und wirft sie dem Gesellen, der sich dessen wohl so wenig versah, wie ich, an den Kopf; er will nicht weichen, da fliegt ihm die Fleischgabel ans Schienbein, daß er laut aufschreit: "Ein Weib wie der Teufel!" und sich wendet, so daß er der Aschenschaufel, die gleich hinterdrein fährt, glücklich entgeht. Jetzt kehrt sich die Lene, zufällig war ich hinter ihr zu stehen gekommen, zu mir um und sieht mich an. "Das war recht," stottre ich, "der Lump, der Hundsfott"— "Oh," unterbricht sie mich, "bist du auch ein Mann!" und rot wie ein gesottener Krebs, setzt sie sich wieder zu den Rüben nieder, ich schleiche mich fort. Wenige Minuten darauf rief sie: "Hans!" So hieß mein Lehrjunge. "Er ist draußen im Garten", antwortete ich ihr. "So ruf ihn," herrschte sie mir zu, "aber schnell, er soll für mich aus!"—"Jetzt fängt's an!" sagt' ich, als ich ging, ihren Befehl auszurichten. Ich irrte mich keineswegs; seit jenem Tage hab' ich aus ihrem Munde selten ein freundlich Wort gehört, dafür traktiert sie mich fast stündlich mit Bonbons, wie diese sind: "Ich will's so!" oder "Du sollst nicht!" oder "Untersteh' dich's noch einmal!" u. dergl. mehr. Nun, das ist nicht so unbequem, als es scheint; was ich seitdem tue, ist, als ob sie's getan hat, sie hat von meinem Tun und Lassen mehr Plage, als ich selbst, ich bin fett geworden, sie ist mager und dürr geblieben. Ein Spaßvogel sagte, sie könnte für mich zur Beichte gehen; gewissermaßen hat er recht.

Einmal—ich hüpfe in der Dornenhecke meines Lebens von Busch zu Busch—hatt' ich, wie man denn im Trunk so leicht Narrheiten begeht, versprochen, ich wolle meine Frau an einem ausdrücklich dazu festgesetzten Abend tüchtig ausschmälen, so daß man's draußen unter den Fenstern hören solle. "Wirst du's dir gefallen lassen?" fragt' ich sie beim Zuhausekommen, im Vertrauen auf die gute Wirkung eines offenen Geständnisses und ihren Geiz, "sonst kostet's mir drei Flaschen Wein; denn ich habe gewettet."—"Oh, gerne, gerne!" erwiderte sie; sie war nämlich—ich wußt' es—weichmütig, weil ihr nachmittags ein Brief die Nachricht gebracht hatte, daß ihr Bruder gestorben sei. Der Abend kam heran, mich befiel ein Zittern, ich verfluchte mich selbst und mein Saufen. Den ganzen Tag hatte in ihrem Gesicht etwas Versteckt-Heimtückisches gelegen; jetzt—sie saß hinter dem Ofen im Großvaterstuhl, aus dem ich natürlich längst vertrieben war—entlud sich's in einem spöttischen Gelächter und in der höhnischen Frage: "Wird's bald?" Deutliches Husten und Flüstern verkündete mir, daß man draußen schon mit Ungeduld harre; dennoch sagt' ich: "Kind, es hat ja keine Eil'!"—"Wie lange soll ich denn warten?" fuhr sie auf. "Pst, pst, Engel!" wisperte ich, "man muß sich ja doch erst besinnen."—"Hätt' ich nur 'nen Hund", dacht' ich, "oder 'ne Katz' zur Hand, auf die würd' ich losfahren, und die da unter der Wand glaubten, es gelte ihr." Lautes Räuspern und In-die-Hände-Klatschen der Saufbrüder bringt mich zur Verzweiflung. Nichts fällt mir bei, über mein Zögern erbost, sieht Lene mich giftig an. "Schlag' der Teufel drein!" fluch ich und hoffe, dabei in den Gang zu kommen. "Was fehlt dir, lieber Mann?" fragt sie spottend. "Kind," versetz' ich drängend, "schmälen und schimpfieren soll ich und weiß nicht, worüber." Ich wußt' es wohl, aber wer bürgte mir für ihre Gelassenheit, darum sucht' ich alles in einen Scherz zu verwandeln; denn gegen Scherz war sie nicht völlig abgehärtet. "Gib mir einige Gründe an die Hand und dann schlag die Augen nieder, sonst gelingt's mir nimmer."— "Gut," erwiderte sie, "so sprich mir nach, was ich dir vorsage, aber grimmig, im Ton eines Bären: Ungetreue—"—"Der Teufel sprech's dir nach," unterbrech' ich sie, "schändlich würd' ich ja wohl lügen!"—"Oder," fährt sie fort, "zänkische, boshafte—"—"Mäßige dich, Kind!" fall' ich ihr ins Wort. "Willst du bald?" fährt sie auf, und wiederholt: "Zänkische, boshafte Wetterhexe, alter, vermaledeiter Brummkater!" Angst ergreift mich; denn das sind Redensarten, deren ich mich zuweilen im Traum gegen sie bediente. In diesem Augenblick klopfen die da draußen ans Fenster. In der Verwirrung reiß' ich, mich stellend, als ob ich meine besten Freunde für Straßenbuben halte, das Fenster auf, und schimpfe wütend hinaus: "Hundezeug! verfluchtes Gesindel! was gibt's hier zu horchen?"—"Bravo, bravo, Schnock!"

geben sie zur Antwort, Lene schlägt ein Gelächter auf, ich bin wie tot.

Ärger noch—das nicht—aber ebenso arg ging's mir, als ich—unter dreien hatte gerade mich das Los getroffen—den Pfarrer wegen einer anzüglichen Predigt, die so sichtlich auf uns gemünzt war, daß man in der Kirche mit Fingern auf uns zeigte, zur Rede stellen mußte. Gleich nach der Frühstückszeit—frühstücken konnt' ich nicht—macht' ich mich auf den Weg, die Konsorten, die mir in solchen Dingen wenig trauten, lauerten mir nach. "Hinein mußt du," sagt' ich, mir gewissermaßen selbst den Weg vertretend, ich empfand nämlich ein Gelüst, an der Pfarre vorbeizuschleichen, "sonst kommen die Hinteren dir auf den Hals."—"Er ist wohl zu irgendeinem Kranken geholt oder zu einer Taufe!" denk' ich und öffne die Tür. Statt der Magd— während des Anmeldens verstreicht doch immer, wenn man zu solchen Herren geht, einige Zeit, die man zur Vorbereitung verwenden kann—tritt mir der Pfarrer selbst, eben mit brennender Pfeife aus der Küche kommend, auf dem Flur entgegen. Er sieht mich an, ich ihn. "Schönes Hündlein", sag' ich endlich, mich zu dem Schoßhund seiner Frau, der munter dahergesprungen kam, niederbeugend und ihn streichelnd. "Wollt Ihr nicht eintreten, Meister Schnock?" sagt der Pfarrer und öffnet die Tür seines Studierzimmers. Ich trete ein. "Wollt Ihr Euch nicht niedersetzen?" Ich setze mich. "Und Euer Begehren ist?" fragt er endlich, verwundert und ungeduldig. "Ich—ich komme!" versetz' ich noch ziemlich deutlich und hörbar, aber da befällt mich plötzlich das niederträchtigste Stammeln und Stottern, und ich mag mich abarbeiten, wie ich will, ich bring' es nicht weiter als bis zum: "Ich komme—ich wollte—ich sollte—"—"Lieber Mann," fährt der Pfarrer zuletzt, meinen Zustand mißdeutend, auf, "Ihr habt wohl schon getrunken, kommt wieder, wenn Ihr nüchtern seid." Erwünschteres hätte mir in meiner Lage nicht kommen können, als diese Grobheit des Pfarrers, ich nehme schnell meinen Hut und eile fort, froh, daß die Höllenvisite abgetan ist, und mich über ihren Ausfall gegen die anderen nur dunkel, und so, daß sie mich mißverstehen müssen, auslassend.

Dennoch hab' ich trotz der Friedfertigkeit meiner Natur zweimal in meinem Leben Ohrfeigen ausgeteilt, die eine im Finstern, die zweite im Licht, und beide an meinen leiblichen Vetter, den Stellmacher Vinckel. Auf Vinckel war ich nämlich im höchsten Grade erbost, und dazu hatte ich guten Grund. Wer einmal eine lächerliche Geschichte von mir erzählt, dem reich' ich vielleicht noch, sowie er mir wieder begegnet, die Hand zum Gruß, wenn ich sie ihm auch nicht mehr drücke. Niernhäutl, der Wesselbur'ner Pächter, wird mir's bezeugen. War er's nicht, der's ausschwatzte, daß ich einst vor seinem kalekutschen Hahn ausgerissen bin, der es aber verschwieg, daß ich's nur der roten Weste wegen tat, die ich gerade anhatte? Doch es geschah beim Bier, es geschah eine halbe

Stunde nach Mitternacht, und er kam nie wieder auf die Dummheit zurück. Wer es zweimal tut, dem nick' ich zwar noch zu, wenn er mir in den Weg kommt, aber ich huste dabei, um ihm nicht in klaren deutlichen Worten einen guten Tag wünschen zu müssen; wer sagt denn auch zur Brennessel: Wachse und gedeihe! Wer aber gar nicht aufhört, wer, sowie er zu einer Kindtaufe oder einer Hochzeit geladen ist, entweder stumm und dumm dasitzt, wie die Wand, an die er sich mit seinem Rücken lehnt, oder seinen albernen Witz auf meine Kosten Bocksprünge machen läßt, der wird mir am Ende so verhaßt, daß sich in mir das Oberste zu unterst kehrt und ich mir Luft machen muß, zumal, da es in der Natur des Menschen liegt, sich so lange zuzurufen: Du traust dir nicht genug, bis er übermütig wird und sich zuviel zuzutrauen anfängt. Das war aber mit Vinckel der Fall, und es kam noch hinzu, daß wir als Verwandte uns überall trafen, daß wir uns gar nicht vermeiden konnten. Er wurde nicht müde, auf den Besuch zu sticheln, den wir beide auf der Wanderschaft in der Tierbude zu Bremen abgelegt und bei dem wir uns allerdings sehr verschieden benommen hatten; er wie ein unwissender Flegel, der zwischen den lebendigen Ungeheuern drinnen und den gemalten auf der Wachsleinwand am Eingang nicht zu unterscheiden wußte, ich wie ein vernünftiger Mensch, der sich auf diesen Unterschied verstand. Ich muß den Besuch erzählen, damit man sieht, daß ich bei Gelegenheit desselben nichts tat, als was jeder andre, der nicht eben ein

Vinckel war, auch getan hätte, und daß ich höchstens wegen meines Fürwitzes, denn ich hätte ja auch fortbleiben können, einen Vorwurf verdiene.

Es war ein heitrer Sonntagnachmittag, und ich ging mit Vinckel über den Marktplatz, wo die Bude stand. Der niederträchtige Tierführer trat eben heraus und verkündigte mit lauter Stimme, die Bestien sollten gefüttert werden, wer es sehen wolle, möge eintreten. Nun hatt' ich unglücklicherweise am Tage zuvor mit meinem Begleiter über jene Tiere gesprochen und ihm, um ihm von meiner Herzhaftigkeit eine gute Meinung beizubringen, gesagt, ich gedächte sie nächstens in Augenschein zu nehmen. "Hörst du," rief er mir zu, "die Tiere werden gefüttert, laß uns hineingehen, es kostet ja nur einen Groschen. "—"Ei, was," versetzte ich, "morgen ist auch ein Tag, und ob ich sie fressen sehe oder nicht, das ist mir ganz einerlei. Ohnehin hat man sie hier alle ausgestopft auf dem Museum!" Leider hatte der Tierführer, wie denn ein solches Gesindel immer mäusescharf hört, unser Gespräch belauscht; er trat auf uns zu und sagte: "Meine Herren, morgen mit dem frühsten reis' ich ab, wollen Sie also dies wirklich sehenswürdige Kabinett mit Ihrer Gegenwart beehren, so schieben Sie es nicht auf." Komm, komm, drängte mein Begleiter und zeigte auf das Aushängeschild, es sind, wie du siehst, zwei Tiger darin, ein Löwe—"—"Die Riesenschlange, das seltene Exemplar eines weißen Bären, die Hyäne und die köstlichen Affenarten nicht zu vergessen!" unterbrach ihn der Tierführer. Der dumme Schlingel glaubte, mich durch Aufzählung all der Scheusale, die in der Höllenbude ihr Unwesen trieben, zum Eintritt reizen zu können, während ich an den beiden Tigern und dem Löwen, deren mein Gefährte erwähnte, schon mehr als genug hatte. "Die Tiger sind wohl noch jung?" fragte ich. "Den Teufel auch," antwortete der Esel, "völlig ausgewachsen, und feurig, wie in Afrika." Mich schauderte. "Jedenfalls ist diese Boaschlange klein wie ein Regenwurm und wird hinter dreifachem Eisengitter verwahrt?"— "Umgekehrt, lang wie ein Schiffsankertau", versetzte jener. "Sie ist in Europa noch niemals größer gesehen worden, und die Kunst besteht gerade darin, daß ich sie mit den Händen aus ihrem Kasten herausnehme und frei hinlege. Treten Sie nur ein, es wird Sie nicht gereuen." Mir war, als ständ' ich vor meinem Grabe. Ganz kleinlaut fragt' ich: "Wie steht's denn mit der Hyäne? Auch so groß, wie ein Pferd?" Dummstolz lächelnd erwiderte der Kerl: "Sehen Sie jenen alten, grauen, lahmen Hund, der die Straße heraufwatschelt? Größer ist die Hyäne nie und sieht so unbeholfen aus wie der."—"Was fragst du lange," sagte mein Begleiter, "wir können das alles ja sehen." Ich ließ mich nicht stören. "Es sind doch wohl oft schon Unglücksfälle in Ihrer Bude passiert?" fuhr ich fort, "der Löwe hat sich losgerissen, die Schlange hat Menschen erdrückt? Es kann nicht anders sein. Ich habe im Wochenblatt davon gelesen!"—"Sie sind sehr furchtsam!" versetzte der Tierführer frech. "Gar nicht furchtsam, durchaus nicht furchtsam," fuhr ich hitzig auf, "aber bekannt genug ist's, daß—Löwen und Schlangen nach Menschenfleisch lüstern sind," hatt' ich sagen wollen, doch der Tierführer unterbrach mich. "Kommen Sie herein, meine Herren," sagte er, "ich darf mit der Fütterung nicht länger zögern, die Tiere sind hungrig."—"Hungrig!" rief ich entsetzt; dann flüsterte ich meinem Begleiter ins Ohr: "Hörtest du das? Die Beester sind hungrig!"—"Um so interessanter wird's sein," gab der unverständige Mensch zur Antwort, "komm nur!" Er zog mich mit sich fort, und wenn ich keinen Skandal machen wollte, mußt' ich folgen. Ein widriges Geräusch der unangenehmsten Stimmen drang uns entgegen, ein Gebrüll, Gequäke, Geschnatter, Gepiepse zum Umfallen. Anfänglich macht' ich die Augen zu, bloß um mich an die Ungeheuer zu gewöhnen. Doch bald bedachte ich, daß ich mich gerade dadurch den größten Gefahren aussetzen und in die Nähe der schauderhaften Schlange, die ich am meisten fürchtete, geraten könne, und öffnete sie wieder. Mein erster Blick fiel auf die greuliche Kropfgans, die in wenigen Sekunden einen halben Kessel voll Fisch verschluckte und dann in ihren Käfig zurückkehrte. Hu! Solchen Tiere sollten billig erst vierundzwanzig Stunden vor dem Jüngsten Tag geschaffen worden sein! Wer würde sich dann aus dem Untergang der Welt noch was gemacht haben! Jetzt wurde ich den Löwen gewahr, der entsetzlich brüllte; schnell wandte ich den Blick, allein nun sah ich die beiden blutdürstigen Tiger, die in ewiger Unruhe in ihren Käfigen

auf und nieder rannten und mit den Schweifen an die Stäbe
schlugen, daß sie erbebten. Die bunten Farbenringe, die
diesen Scheusalen um den Leib laufen, kamen mir,
besonders wenn ich blinzelte, wie aufgerollte Schlangen vor,
die auch wohl herunterspringen können; dabei macht' ich
die wenig beruhigende Entdeckung, daß sämtliche Käfige
aus Holz gezimmert waren. Auf einmal entstand hinter mir
ein grausiger Spektakel; als ich mich umsah, erblickte ich die
hohläugige, grinsende Hyäne, die sich vergebens anstrengte,
ein Stück Fleisch, welches der Wärter ihr vorhielt, zu
erhaschen. Ich beschwor den Menschen, das Tier um Gottes
willen nicht zu necken; in frevelhaftem Mutwillen versetzte
er aber: "Nur unbesorgt, ich und Bunku verstehen uns!"
Zugleich hielt er seinen Mund an das Gitter und rief: "Bunku,
einen Kuß!" Schnell wandt' ich das Gesicht ab und erwartete,
im Augenblick Jammertöne und Geschrei, des zerfleischten
Menschen nämlich, zu vernehmen. Ich vernahm nichts; statt
dessen hörte ich ein sonderbares Geplapper und Geplärr
gerade über meinem Kopf, und als ich emporschaute, sah ich
eine Menge häßlicher Affen mit ungestalteten Gliedmaßen
und weiten Mäulern, die die Zähne fletschten und mich mit
Unrat bewarfen. Diese vergnügten mich einigermaßen, da
sie klein waren und possierliche Grimassen schnitten; sie
wurden mit Äpfeln gefüttert, und ich mußte lachen, so wenig
ich auch sonst zum Lachen aufgelegt war, als ich bemerkte,
daß einige sich in ihrer Gefräßigkeit das Maul so voll
stopften, als ob es eine Vorratskammer wäre. Wie ward mir

aber zumut, als ich mich zufällig umkehrte und auf einer Kiste, an die ich mich mit dem Rücken gelehnt hatte, die entsetzliche Boaschlange, keine zehn Zoll von mir entfernt, erblickte. Da lag sie, lang hingestreckt, die greuliche, blutsaugende Bewohnerin der Waldungen eines fremden Weltteils—ein Sprung, und sie umwand mich, sie zermalmte meine Knochen, sie mästete sich von meinem Mark. Sie zog sich zusammen, ich tat einen lauten Schrei und sprang zur Tür. Langhalsige Vögel, Strauße nannte sie der Tierführer, reckten mir hier, als hätten sie's auf meine Augen abgesehen, aus einem Käfig, über den ihre Köpfe hoch hinausragten, die spitzigen Schnäbel entgegen. Ich gab nicht viel um die Nachbarschaft dieser Riesenvögel und näherte mich der Schlange wieder um einen Schritt; kaum aber stand ich still, als mich ein Geklapper ängstigte, welches sich über mir vernehmen ließ. Himmel, gerade über meinem Haupte hing ein Käfig mit einer Klapperschlange. Ich kann es gar nicht beschreiben, wie furchtbar mir dies zwei Fuß lange Tier mit seiner ekelhaft-bunten Haut und mit den abscheulichen Tönen, die es von sich gab, vorkam. Starr blickt' ich zu ihr auf; plötzlich klopfte mein Begleiter mich auf die Schulter und sagte: "Was ist denn an dem kleinen bunten Ding zu sehen? Gib nun acht, die große Schlange wird nun sogleich ein Kaninchen verzehren, der Wärter bringt es schon." Obwohl mich ohne Unterlaß kalte Schauder überliefen, konnt' ich mich doch bei diesen Worten eines leichten Lächelns nicht erwehren; der Mensch glaubte, ich betrachtete die Klapperschlange, während ich doch bloß ihren Käfig untersuchte, um mich zu vergewissern, daß sie nirgends durchschlüpfen könne. Als ich mich hiermit noch beschäftigte, gab die Klapperschlange, wie es mir—ich kann mich irren—wenigstens vorkam, ein feines Gezisch von sich; eine weiße Masse fiel mir auf den Rock, und da ich glauben mußte, diese weiße Masse rühre von ihr her, schrie ich laut auf: "Hilfe! Gift! Gift!" Erschreckt sprangen mehrere der Anwesenden auf mich zu; ich, keines Wortes mächtig, zeigte auf den weißen Fleck auf meinem Rock, alle standen mit offenem Munde. Der Tierführer kam gleichfalls herbei; kaum aber hatte dieser meinen Rock angesehen, als er laut auflachte und sagte: "Das Gift kommt von dem unartigen Papagei, der dort oben hängt!" Jetzt wurde das Gelächter allgemein; ich besichtigte die weiße Masse näher und lachte dann selbst von ganzem Herzen mit. "Du bist ja ein wahres Kind," rief mein Begleiter mir zu, "da will ich dir was anderes zeigen." Der Waghals trat zur Boaschlange heran, die eben mit entsetzlicher Wollust, welche ihr sichtlich durch den langen häßlichen Körper zuckte, dem armen Kaninchen das Blut aussog, und berührte sie mit der Hand. Doch sie fuhr zusammen, als würde sie mit Nadeln gestochen, und Vinckel, der Held, flog so schnell zur Tür wie ich; ich nahm Übrigens diese Gelegenheit wahr, ihn, bevor er wieder zur Besinnung kommen konnte, mit herauszuziehen. Als ich mich wieder in der freien Luft sah, verdroß mich's doch, daß ich den Bären gar nicht gesehen hatte; ich hätt's um denselben Preis gehabt.

Das war der Besuch. Es war keine Kunst, ihn im Zimmer hinter dem Ofen, wenn man von brüllenden Löwen und zähnefletschenden Tigern so weit, wie von Afrika und Amerika, entfernt war, zu verdrehen und dabei zum Beweis der eigenen Herzhaftigkeit dem unter dem Tisch auf den Knochenabfall harrenden armen Haushund einen Tritt zu versetzen. Es war noch weniger ein Wunder, daß mich das verdroß. Als Vinckel es eines Abends wieder getan hatte und ich im Finstern mit ihm und einigen anderen zu Hause ging, gab ich ihm endlich einmal, wie ein gärender Bierkrug, den Pfropfen abstoßend, einen Derben hinter die Ohren. So wenig hielt er mich trotz der mir zugefügten Beleidigung der Rache fähig, daß er ausrief: "Schnock, man schlug mich, wer war's?" Als ich kurz antwortete: "Kann ich's wissen, wenn du's selbst nicht weißt!?" versetzte er: "Nun gut, so tritt du nur beiseite, denn du hast's gewiß nicht getan!" Ich folgte, heimlich lachend, seiner Weisung, dann rief er: "Wenn einer was erhält, der's nicht verdient hat, so bitt' ich im Voraus um Verzeihung!" Nun drosch er auf die übrigen, die verdutzt stehengeblieben waren, wie ein Unsinniger los und bekam natürlich, was er austeilte, mit Zinsen zurück, so daß ich, der ich gelassen, wie die Unschuld selbst, dabei stand, die vollkommenste Satisfaktion erhielt. Aber die Sache blieb bei alledem wie sie war; denn wenn ihm den nächsten Tag auch ein Zahn fehlte: er ahnte nicht, daß er ihn noch haben würde, wenn er seine Zunge im Zaum gehalten hätte, und ich mußte mich entschließen, das im Dunkeln begonnene Werk bei Licht zu Ende zu bringen, da seine Späße, was ich freilich voraus hätte wissen sollen, auch jetzt noch nicht aufhörten. Ich schleppte ihn daher eines Sonntagabends ins Wirtshaus, machte ihn betrunken—ich selbst war's schon vorher—stellte eine Menge Gläser vor ihn hin, von denen ich glaubte, daß sie ihn am schnellen Hervorkommen hinter dem Tisch hindern würden, schloß ihn zum Überfluß auch noch mit Stühlen ein und sagte dann zum Pächter Niernhäutl: "Es wird hier noch etwas geben!" Er sah mich an und antwortete: "Mit wem denn?"—"Mit dem da!" sagt' ich und warf einen vernichtenden Blick auf Vinckel. "Wer hat denn was mit dem Knirps?" fragte der Pächter, der die Menschen, wie ein Werbeoffizier, nach ihrer Leibeslänge abzuschätzen pflegte, und lachte. "Ratet einmal!" versetzt' ich. Er riet hin und her, es verdroß mich, daß er immer so greulich vorbeischoß, und ich kehrte ihm unwillig den Rücken. Er gab mir einen Klaps an einer unanständigen Stelle; ich zeigte ihm meine geballte Faust und rief: "Meint Ihr, daß in der allein keine Kopfnüsse wachsen? Wieviel verwettet Ihr auf eine, die in einer Viertelstunde reif sein muß?" Durch Wetten hab' ich mich nämlich oft in die Courage hineingehetzt, aber Niernhäutl ließ sich auf nichts ein, sondern sagte bloß: "Wir werden sehen!"—"Gewiß!" versetzt' ich und trat an den Schenktisch. Ich forderte mir ein Glas Punsch, ich ließ noch ein zweites einschenken, und trat damit zu meinem Widersacher, der den Kopf ermüdet auf den Tisch lehnte, heran. Er lag völlig schlaggerecht und ich ging mit mir zu Rate, was ich tun, ob ich die Gelegenheit benutzen, oder noch einige Minuten verstreichen lassen solle. "Des Grimms", dacht' ich, "kannst du heut abend nicht genug entwickeln, laß dir Zeit und denk an alles, was er dir getan hat!" Da sah ich, daß Niernhäutl verächtlich die Achseln zuckte und seinen Hut suchte. Der mußte Zeuge sein, ich stürzte das zweite Glas Punsch herunter, die Knie schlotterten mir, aber mit lauter, donnerähnlicher Stimme rief ich, während ich zugleich mit geballter Faust auf den Tisch schlug: "Heda!" Vinckel hatte einen Totenschlaf, er merkte nichts von Ruf und Schlag, und zu meinem Verdruß kam ein einfältiger Aufwärter herbei und fragte, was ich befehle. Der Flegel hatte meine Herausforderung zum Kampfe für ein Zeichen, das ihm gelte, angesehen. Dies alles brachte meine Wut aufs höchste; ich nahm alle meine Kraft zusammen, schlug noch einmal, indem ich zugleich die beiden leeren Punschgläser beiseite schob, auf den Tisch und rief: "Heda!" Jetzt erwachte Vinckel, gähnte unanständig und fragte mich: "Ist's Zeit zu Hause?" Ich suchte ihm durch Blicke verständlich zu machen, wie er mit mir daran sei, als dies aber nichts half, und er Miene machte, wieder einzunicken, schrie ich ihm laut entgegen: "Wie steht's mit der Klapperschlange?" Ich meinte jene in der Bierbude. Niernhäutl versicherte mir hinterher, ich sei hiebei zur Leiche erblaßt, ich glaub's ihm herzlich gern, mir war, als läg ich im Fieber! Vinckel glotzte mich merkwürdig verdutzt an; ich aber, noch kühner werdend, wiederholte meine Frage: "Wie steht's mit der Klapperschlange?"—"Sie ist längst verreckt und ausgestopft, sei ohne Sorgen!" war die Antwort, die mich, da ich nun einmal so weit gegangen war, nicht begütigen konnte. Sowie nun Vinckel die auf mich gerichteten Augen nur wieder abgewandt hatte, versetzte ich ihm, mich über den Tisch lehnend, die ihm zugedachte Ohrfeige; dann zog ich mich eilends zurück, griff nach meinem vor dem Fenster stehenden Hut und lief, so schnell es ging—daß ich angetrunken war, sagt' ich schon—der Tür zu. Er aber schrie überlaut: "Was? was ist das?" und ohne sich an das Zerbrechen der Gläser im geringsten zu kehren, warf er den Tisch um und stürzte mir nach. Ich gestehe, das lag außer meiner Erwartung und Berechnung, ich stand starr und machte keine Anstalten, dem Verfolger zu entfliehen. Er faßte mich bei den Haaren und warf mich zu Boden; einige Fußtritte, die ich erhielt, schienen mir ein bloßes Vorspiel des Hauptangriffs. Ich blieb ruhig liegen, und wenn ich an etwas dachte, so war's meine Frau, der das Unglück ja nicht verborgen bleiben konnte. Endlich wollten der Wirt und der Pächter Niernhäutl mich aufrichten, ich sträubte mich aber aus Leibeskräften dagegen, und gar nicht, wie sie glaubten mochten, aus Eigensinn, sondern nur, um Vinckel, dessen Toben und Fluchen nachzulassen schien, vielleicht, weil er mich für tot hielt, nicht durch Aufstehen zu reizen. Doch ihre vereinten Kräfte überstiegen die meinigen, und ich befand mich früher wieder auf den Beinen, als ich befürchtet hatte. Mein erster Blick fiel in einen mir gerade gegenüber hängenden Spiegel. Ich sah, daß ich stark blutete, ich war nämlich beim Niederschlagen auf eine scharfe Kante des Tischfußes gefallen und hatte mich verletzt; schnell wischte ich mir das Blut übers ganze Gesicht und erhielt dadurch ein herzbrechendes Ansehen. In diesem Augenblick wurde Vinckel mich gewahr, und ich ihn; er kam auf mich zu, mich übermannte die Furcht und ich eilte in schnellen Sprüngen aus der Tür. Hier aber glitschte ich aus und fiel abermals zu Boden; das Weinen war mir nahe, doch Vinckel rief mir zu: "Ei, warum läufst du so vor mir, ich komme ja bloß, um mich wieder mit dir zu vertragen; denn wenn ich's näher bedenke, so hast du so großes Unrecht nicht gehabt, und mich freut's, daß du's endlich fühlst!" Dabei gab er mir die Hand, und richtete mich auf, ich konnte kein Wort hervorbringen, er aber zog mich an den Schenktisch, und wir tranken Vertrag miteinander, was ich gerne tat, ob ich gleich dem Frieden wenig traute. "Es tut mir leid," sagte er, "daß du dir das schändliche Loch in den Kopf gefallen hast!"—"Das heilt schon wieder!" versetzte ich höflich und nahm meinen Hut, um mich in der Stille davonzuschleichen. Schon war ich glücklich bis an die Haustür gekommen, als er mir nachrief: "Willst du zu Haus? Wart, ich begleite dich!" Die Begleitung eines wilden Tieres, eines Freundes aus der Bremer Bude, wär' mir ebenso lieb gewesen; aber, was war da zu machen?

In wenigen Sekunden stand er bei mir und nahm meinen Arm. Ich konnte mir nicht viel Gutes versprechen, zu meinem Glück schien der Mond recht hell, auch blies der Nachtwächter schon in den Straßen. Ich faßte Mut, besonders, als es mir gelang, Vinckeln meinen Arm wieder auf sanfte Weise zu entwinden. Ich war meinem Hause bereits nah, da fragt' er mich: "Wie kam dir die Rachsucht aber so plötzlich?" Konnt' ich was darauf antworten? Ich schwieg still und erwartete das Weitere. Er aber—so unausstehlich der Mensch ist, so liegt doch mehr Gutmütigkeit, als man denken sollte, in seiner Natur—er sagte: "Nu, nu, wir wollen nicht weiter davon sprechen", gab mir die Hand und schied von mir vor meiner Haustür. Nun galt's. Ich zögerte die Tür aufzumachen, und ließ langsam mein Wasser. Der Stellmacher kam die Straße wieder herunter; er hatte vielleicht im Wirtshaus etwas vergessen, mir konnt' es aber nicht wünschenswert erscheinen, nochmals mit ihm zusammenzutreffen, und ich trat schnell in mein Haus. "Ist's geraten," dacht' ich, "sogleich auszuglitschen, etwa über eine Kartoffel, die dort liegt, und dich zu stellen, als ob du in deinem eigenen Hause den Kopf zerschlagen hast, oder—" Doch, meine Frau, die das Klingeln der Haustür nie überhört, trat schon aus der Stube, und ich mußte auf etwas Haltbareres sinnen. "Mein Gott, wie siehst du aus?" rief sie mir überlaut entgegen und fügte noch manches hinzu, was ich vergessen haben will. "Wer dich beschimpft, der hat's mit mir zu tun," versetzt' ich trotzig,

"hast du eine Tasse Tee für mich? Ich bin stark angegriffen!"
Damit wollt' ich in die Stube treten, meine Frau gab's aber
nicht zu. "Es ist jemand darin," erwiderte sie, "und du—" Sie
trieb mich in die Küche, wo ich mich waschen und
abtrocknen und ihr erzählen mußte, was sich zugetragen
habe. Ich log entsetzlich; denn es galt eine ruhige Nacht.
"Eine Sau", sagt' ich, "hat er dich genannt!"—"Wer? wer
denn?" unterbrach sie mich heftig. "Hast du's nicht gehört?"
versetzte ich, "wer anders, als der da am Markt, der
Stellmacher."—"Der Schelm, der schieläugige Hund, der
Nichtsnutz!" schrie sie so laut, daß es mich erschreckte;
konnt' ich doch gewiß sein, daß die Nachbarn das alles auf
mich beziehen würden, obgleich ich keineswegs schiele.
Dann ballte sie die Hand und rief: "Wart! sein Weib ist
drinnen, und er wird sie abholen; kommt er, so soll ihn—" In
diesem Augenblick ging die Haustür, und an den raschen
Fußtritten erkannte ich Vinckel auf der Stelle. "Da ist er
schon!" kreischte sie und wollte ihm entgegenstürzen. Ich
vertrat ihr den Weg und sagte: "Lene, soll's Straßenlärm
geben? Bedenke, daß es spät ist, und daß sich morgen auch
etwas abmachen läßt!"—"Laß mich los, laß mich los, oder—"
Sie ergänzte ihre Rede durch einen Stoß auf die Brust, den
sie mir beibrachte. Ich aber, ich hatt' ihre Hand gefaßt, hielt
sie, kaum wissend, was ich tat, fest. "Ich hab' dich ja schon
gerächt," stotterte ich, "er hat Abbitte getan, und ich hab'
ihm vergeben."—"Was? Was hast du getan? Ihm vergeben?"
Sie vergaß sich so weit, mir einen Schlag ins Gesicht zu

versetzen; ich verfluchte meine Lüge, und doch konnt' ich mich nicht überwinden, sie zu widerrufen. "Ich bitte dich, Weib, tu mir zum erstenmal einen Gefallen—" Meine Bitten halfen nichts, sie riß sich los und stürzte in die Stube hinein. Ich stieg zu Boden und stellte mich hinter den Schornstein. Droben konnt' ich denn alles deutlich hören. Erst ein mörderisches Schimpfen; dann kam's zur Balgerei, und Vinckel—wer an meiner Stelle hätt' einige Schadenfreude unterdrückt?—schrie mehr als einmal: "Kratzt mir nur kein Auge aus, ich hab' nur zwei!" Endlich flogen fast zugleich Stuben—und Haustüre auf, und Vinckel, samt seiner Frau, die sich unkluger—obgleich natürlicherweise mit in den Handel gemischt hatte, hinaus. Ich hatte alle Ursache, mit meiner Lene zufrieden zu sein; denn in der Wut hatte sie Vinckels Frage, was er ihr getan, zu meiner unsäglichsten Freude mit einem spöttischen "er wiss' es wohl selbst" beantwortet. "Der glaubt sicher," dacht' ich, als ich wieder vom Boden heruntersteig, "es ist aus purer ehelicher Liebe, wegen deiner Kopfwunde, geschehen; das schadet nicht!" Übrigens hat Vinckel die Tierbuden-Geschichte seit jenem Abend wirklich niemals wieder aufgerührt, und es ist schwer zu sagen, ob er das aus Respekt vor meiner Lene oder vor mir selbst unterläßt. Freilich kam dabei für mich nicht viel heraus; denn die Schulkinder wußten sie schon auswendig, aber, das muß ich doch zu seiner Ehre anführen, wenn man ihn jetzt zum Zeugen aufruft, so antwortet er mit einem Schlag!

Sollte sich's ein Christenmensch vorstellen, daß ich einmal nahe daran war, aus Zaghaftigkeit, die mich abhielt, zur rechten Zeit mit einer ablehnenden Erklärung einzuspringen, ein Mörder und schnöder Giftmischer zu werden? Ich sitze eines Abends im "Goldenen Schaf" hinter dem Tisch und denk' an nichts Arges, an gar nichts nämlich; da tritt ein Fremder, wunderlich, sonst gut gekleidet, herein, fordert sich Wein und setzt sich zu mir. Er begrüßt mich und sieht mich mit einem Blick an, als ob er mich gut kenne. "Das ist", denk' ich, "wieder ein Bekannter und Herzensfreund, dessen Gesichtszüge und Namen nichtswürdigerweise deinem Gedächtnisse entfallen sind; lächle wenigstens und stell' dich erfreut übers glückliche Zusammentreffen." Ich tu's, und wirklich ist bald zwischen uns ein Gespräch im Gange, wie zwischen alten Bekannten, obwohl wir's, wie ich denn doch merke, nicht sind. Wir sprechen über allerlei Unglücksfälle, wie sie sich zutragen; ich erzähl' ihm von einigen, die sich im letzten Jahr erhenkten und sonst entleibten; dann kommen wir aufs Einschlagen des Blitzes bei Gewittern und darauf, daß solch ein Feuer gar nicht zu löschen ist. "Ja," seufz' ich, "die Welt ist ein Jammertal, man muß sich wundern, daß man bei all dem Elend doch über die Vierzig hinauskommt."—"Leute wie Ihr," entgegnet er, "können's wohl aushalten; denn, wie das Schäfchen auch sei, ist's nur ins Trockne gebracht, so gibt's Milch und Wolle, aber unsereiner—" Nichts ist mir verdrießlicher, als wenn man mich für einen Glückspilz hält, für ein Sonntagskind, dem jeder Wind in die Segel weht; unmutig unterbrech' ich den Fremden durch die Frage, wer und was er denn sei. "Ich bin Kammerjäger," versetzt er mit unbeschreiblicher Aufrichtigkeit, "und also in jetzigen Zeiten, wo das Ungeziefer so schläfrig und langsam heckt, als ob sich's erst trauen lassen müßte, wie verliebte Menschen, von Haus aus ein geschlagener Mann." Auf Kammerjäger hab' ich von jeher wenig gehalten, zumal auf solche, die, wenn sie einem anständigen Bürger begegnen, statt die Augen demütig niederzuschlagen, ihn frech anstieren und wohl gar grüßen, ja, einen Diskurs anknüpfen, ich hab' sie eigentlich mehr verachtet, als Bettelvögte; solch eine Antwort, die ein Prinz, der sich zu erkennen gibt, nicht zuversichtlicher hätte vorbringen können, mußte mich also billig befremden. "Wagen sich Leute der Art ins "Goldenen Schaf?" denk' ich und werfe auf den Fremden, der ruhig, als ob noch alles zwischen uns beim alten wäre, seine Pfeife ausklopft, einen Blick, wie etwa unser Amtmann auf mich, wenn er an mir vorbeireitet. Doch sag' ich zu mir selbst: "Laß den Menschen heut abend den Standesunterschied nicht empfinden; morgen, wenn er die Rattenjagd anstellt, weiß er sich ohnehin zu bescheiden."—"Nun, was sagt Ihr zu meinem Metier?" fragt er dann. "Beneidenswert ist's wohl nicht," erwidere ich, "aber vermutlich hat's Euch am Heiraten verhindert, und das ist doch auch für etwas anzuschlagen."—"Drückt Euch der Schuh da," versetzt er höhnisch, "nun, das ist das Schicksal in Mausgestalt. "—

"Narr!" hätt' ich ihm gern grob geantwortet, "versuch's erst
einmal, wie ich, dreiundzwanzig Jahre, dann reiß' elende
Witze!" Doch unterlass' ich's; denn man muß sich gegen
Fremde nie zu weit herauswagen. "Wenigstens denk' ich,"
fährt er fort, "ein Unglück, das den Menschen zum Kapaun
herausfüttert, kann so groß nicht sein." Dabei streicht er mir
mit unangenehmer Zudringlichkeit über den Bauch. Gereizt
versetz' ich: "Eben darin kann das Unglück liegen; meint Ihr,
daß ein Mann, der durch Schläge fett wird, sich über seine
niederträchtige Natur freut? Zum Teufel! ist's denn
unverschämt, wenn man für ewiges Plagen, für Ärger und
Verdruß ohn' Ende, ein sieches, Mitleid erregendes Gesicht
und einen baufälligen Körper verlangt, der einen nicht durch
hämische Dicke Lügen straft, sobald man einmal das Herz
ausschütten will? Ich frage noch einmal, ist's
unverschämt?"—"Ist Euch das Weib zuwider," gibt er zur
Antwort, "so schafft's ab. Pa!" Dabei jagt er den Dampf durch
die Pfeife, daß er bald mit seinen gelben Katzenaugen
dasitzt, wie ein Hexenmeister, wenn er den Bösen
beschwört. Ich entgegnete: "Wenn Euer Hund da"—ich
zeigte auf seinen großen, schwarzen, mit langen
Zottelhaaren, der sich mir mit einer Frechheit, als ob er auch
Kammerjäger wäre, gerade vor die Füße gelegt hatte—
"bissig ist, so könnt ihr ihn fortjagen, aufhängen, ersäufen; so
ist's aber in Christenlanden nicht mit Ehefrauen."—"Hört,
lieber Mann," sagt er mit geheimnisvollem Gesicht und greift
nach meiner Hand, die ich unglücklicherweise aus der

Tasche gezogen, "Euch ist zu helfen, nämlich, wenn Ihr Mut habt." Der Teufel hat Mut genug, einzugestehen, daß er keinen hat. Ich bejah' es nicht direkt, aber ich werfe mich in die Brust, trommle auf den Tisch und zwinge mir einige verwegene Blicke ab. "An gewissen grauen Pulvern, die ich bei mir führe," flüstert er mir nun mit schrecklicher Stimme ins Ohr, "verrecken nicht bloß Ratten." Er nickt mir zu und drückt mir, als ob sich jetzt alles andere von selbst verstände, die Hand; weniger aus Verwirrung, als aus Angst vor dem furchtbaren Menschen, nick' ich auch und erwidere den Druck. "Wir sind also einig," sagte er dann, "nun aber auch keine Silbe mehr, Meister Schnock!" leider hatt' ich ihm meinen Namen vorher schon verraten; "solche Geschäfte", entsetzlich klang mir das Wort, und der greuliche Mensch lachte dabei, als hätte er nicht einen Vergiftungsplan, sondern einen Spaß gemacht, "lassen sich nicht in Wirtshäusern weitläufig besprechen, morgen in der Frühe komm' ich zu Euch. Gute Nacht!" Er steht auf und taumelt. "Gott im Himmel!" denk' ich, "besoffen ist der Kerl auch—" allerdings war's kein Wunder; denn solange er neben mir saß, hatte er ununterbrochen getrunken—"noch ein Glas—" eben bemerk' ich, daß er sich's einschenken läßt—"so läuft's über, dann hat er, im Rausch geht's nicht anders, gerade so viel Freunde um sich, als Menschen, und das erste, was er ausschwatzt, ist der Vergiftungsplan." Richtig gerät er gleich mit dem Wirt in ein Gespräch; mich schaudert. Er läßt was fallen von Krepieren; eiskalt überläuft's mich. Der Wirt schiebt sich die Nachtmütze weiter ins Gesicht und spricht von Gefahr; "nun ist's heraus!" denk' ich und spüre schon was von Kopfabschlagen im Nacken. Plötzlich klingen Himmelstöne durch von Ratten und von Speisekammer; da wird's mir klar, daß bis jetzt nicht von meiner Lene, sondern vom Ungeziefer des "Goldenen Schafs" die Rede gewesen ist; unwillkürlich falt' ich die Hände, aber gleich darauf fordre ich gebieterisch ein Glas Wein, um die verfänglichen Konferenzen zwischen dem Wirt und dem Fremden durch einen Gewaltstreich abzubrechen. Der Wirt bringt mir hurtig den Wein: tierisch voll taumelt der Fremde, ungeschickt mit dem Arm gegen den Türpfosten rennend, fort, ohne sich, als ob er mich schon völlig vergessen hätte, nach mir umzusehen. Er hatte mich vergessen; denn am andern Morgen kam er nicht, und schon am Mittag ward er zu meiner Satisfaktion wegen seiner miserablen Hantierung und wegen Mangels an Paß und aller sonstigen Legitimation, die unsere Polizei mit Recht von Kammerjägern fordert, aus dem Ort gebracht. Übrigens hätt' ich, wenn er auch nicht ausgeblieben wäre, meiner stillschweigenden Zusage ungeachtet, nimmermehr zur Mordtat die Hand geboten, und ihm das zu verstehen gegeben; wer wird denn auch seine Frau umbringen, bloß, weil er es einem Rattenfänger versprochen hat!

Ich habe es nicht gesagt, weil es sich von selbst versteht, daß die Sparsamkeit meines Weibes mit den Jahren zunahm, so daß sie zuletzt in jenen Geiz, der sich sein eigenes Fett nicht gönnt, ausartete. Der Wendepunkt trat ein, als sie, die immer gern geputzt ging, mir zum erstenmal das Anschaffen eines neuen Oberrocks, den ich ihr sonst regelmäßig zu Weihnachten verehren mußte, verbot. "Du kannst mir eine andere Weihnachtsfreude machen," sagte sie heimtückisch, "dadurch nämlich, daß du mir die kleine Pfeife schenkst, deren du dich in der Werkstatt bedienst." Will sie zu rauchen anfangen? dachte ich zuerst, und freute mich schon, in ihr einen Konsorten zu gewinnen; konnte sie doch mein Rauchvergnügen nicht mehr unnütze Verschwendung schelten, wenn sie selbst es teilte. Doch kam mir dies bald unwahrscheinlich vor, da mir ihre durch Keifen und Schmälen ruinierten Lungen einfielen, sie auch niemals, ausgenommen bei Zahnweh, mit Pfeife und Tabak in Verbindung getreten war. "Was kann sie denn mit der alten, halb zerbrochnen Pfeife wollen?" fragte ich mich, "wär's noch die mit dem Meerschaumkopf und dem Silberbeschlag, die du Sonntags trägst, aber dies elende Ding—" Ich schäme mich, zu gestehen, welch törichter Einfall jetzt plötzlich meine Gedanken unterbrach. "Ei, ei," dachte ich, "sie ist doch wahrhaftig nicht so ganz übel, deine Frau; wer hätte ihr solche Aufmerksamkeit zugetraut!" Ich glaubte allen Ernstes—wie war's möglich? frag' ich mich selbst, indem ich's erzähle, und schabe mir Rübchen—daß sie mir auch einmal eine Freude machen und mich am Weihnachtsabend mit einer Pfeife anbinden wolle. Der heilige Abend kam heran, die beiden feierlichen Wachskerzen, die wir dem Erlöser zu Ehren zu verbrennen pflegten, wurden angesteckt, der Rosinenpudding, nebst dem mit Lorbeerblättern aufgeputzten Schweinekopf, ward auf den Tisch gestellt; im Hintergrund drohte schon die große, unhöfliche, dick mit Eisen und Messing beschlagene Postille, die mir einmal, als ich noch ein Kind war, fast den Kopf zerschmettert hätte, indem das Ungetüm ungeschlacht vom Schrank herunterplumpte, und aus der Lene mir jetzt an hohen Festtagen gerne vorlas, teils um mich am Ausgehen zu verhindern, mehr aber noch, um Gelegenheit zu haben, mir unter dem Deckmantel eines längst vermoderten geistlichen Herrn allerlei Beleidigungen und Gehässigkeiten, die keineswegs im Buche standen, zu sagen. Bevor wir uns zum Essen niedersetzten, nahm ich meine Pfeife, legte sie, einen Bogen weißes Papier unterbreitend, auf einen Teller und überreichte sie mit einigen scherzhaften Redensarten meiner Frau. "Gut!" sagte sie, zerbrach die Pfeife und ward die Stücke gelassen aus dem Fenster. Statt aber mit dem erwarteten Gegengeschenk herauszurücken, machte sie mich darauf aufmerksam, daß ich von jetzt an wöchentlich zwanzig Kreuzer an Tabak ersparen werde. "Und was sollen denn die zwanzig Kreuzer?" fragte ich giftig. "Was sie sollen?" versetzte sie, "dadurch, daß sie da sind, erfüllen sie ihren Zweck, und um so besser tun sie das, je länger sie bleiben!"—"Ich sollte also nicht mehr rauchen?" fuhr ich auf. "Nein," erwiderte sie, "das heißt, du sollst dir nicht mutwillig die Schwindsucht zuziehen, und für den Fall, daß du sie schon hättest, wird uns über kurz oder lang deine Ersparnis trefflich zustatten kommen, dich davon heilen zu lassen. Glaubst du etwa, daß der Doktor dir die mit Dampf zerblasenen Lungen umsonst flickt?" Ich sagte nichts weiter, aber mein Entschluß war gefaßt; und hätte ebenso leicht aufs Atemholen, als aufs Rauchen Verzicht leisten können; denn für den Raucher ist die leidige frische Luft ungenießbar, er muß sich das flaue, nüchterne Element erst mit Dampf würzen, wenn es ihn nicht anekeln soll. Ich trug daher am Morgen stillschweigend meine Sonntagspfeife, die prunkend unter dem Spiegel hing, in die Werkstatt hinunter und erklärte meinem erstaunten Weibe, daß ich diese solange mit der höchsten Unbarmherzigkeit strapazieren werde, bis sie mir eine weniger kostbare Stellvertreterin anschaffe. Mitleid mit dem Silberbeschlag und den Bernsteintroddeln des Prachtstücks bewogen sie zur Nachgiebigkeit, doch gewann sie durch ihre List so viel, daß ich versprach, mich an den Wochentagen mit einer billigeren Sorte Tabak begnügen zu wollen. So war sie denn in allen Dingen. Wollte ich zum Beispiel einen Lehrjungen einstehen lassen, so ward er vorher bei uns zu Tisch gebeten, nicht, wie es schien, aus Generosität, sondern nur, um seinen Appetit auf die Probe zu stellen. Fand der junge Mensch unglücklicherweise sein Leibgericht vor, oder hatte er etwa einen Marsch gemacht und konnte für zwei Personen essen, so durfte ich ihn gewiß nicht annehmen; "wer setzt sich denn," sagte Lene, "selbst den Krebs in sein Fleisch?" Bei solchen Gelegenheiten trug sie ihr Bestes auf und legte eifrig vor; ich dagegen, der das schlaue Manöver kannte, spielte das Mitglied eines Mäßigkeitsvereins, machte auf das Schädliche dieser oder jener Speise aufmerksam und warnte vor Überladung, so daß die Uneingeweihten sie für die Gastfreiheit selbst, mich für den Neidhard halten mußten. Das Lächerlichste aber war wohl, daß sie sogar ihre Freundschaft und Liebe streng nach dem Grade der Eßlust und des Verdauungsvermögens ihrer Freunde und Verwandten abmaß. Klagte jemand über seinen schwachen Magen, wies er alles zurück, ausgenommen ein Glas Wasser und den Fidibus, so wußte sie nicht zutulich genug zu tun; "ach," hieß es dann, "welch ein honoriger Mensch, wie wird er doch liebenswürdiger mit jedem Tage!" War das Gegenteil der Fall, glaubte einer ein Gericht nicht besser loben zu können, als indem er zweimal davon nahm, so war er ein Subjekt ohne Lebensart, ein Kerl, der aus Schlund und Magen zusammengesetzt sei, wie andere aus Leib und Seele. Mit ihrer einzigen Jugendfreundin, einer Gärtnersfrau, die uns alle Sonntage besuchte, stand sie im Begriff, auf immer zu brechen, bloß, weil diese an der Auszehrung litt, und schüchtern, so wie ihre Krankheit zunahm, von drei Tassen Kaffee und einem Zwieback, womit sie sich anfangs begnügte, bis zu sechs Tassen Kaffee und drei Zwiebäcken aufstieg; um einen Grund zu bekommen, stellte sie sich eifersüchtig auf die lederndürre Todesbraut, eifersüchtig nämlich—ich muß dies wohl hinzufügen—wegen meiner. Die Person starb noch zur rechten Zeit, kurz vor Ausbruch des Ungewitters, das sie bedrohte, sonst würde sie's erlebt haben, daß man ihre Todesseufzer für verliebte und ihre Schwindsucht für ein Sehnsuchtsfieber ausgegeben hätte. Natürlich hatte von diesem Geiz niemand mehr zu leiden als ich, und was mich am meisten verdroß, war, daß er mit unserer Wohlhabenheit zunahm, daß das Essen, je mehr ich verdiente, um so schlechter wurde. "Wir haben nicht Kind noch Rind," sagte ich einst, durch eine Wassersuppe aufgebracht, zu ihr, "was wir hinterlassen, kommt an wildfremde Menschen, ich begreife dein Knickern, dein Schinden und Schaben nicht."—"Was?" versetzte sie lebhaft, "ist's denn keine Ehre für uns, wenn die Herren vom Gericht nach unserem Tode mit Verwunderung und Respekt in ihr Inventarienbuch schreiben: Der Silberschrank war so wohl versehen, daß auch kein Löffelstiel mehr hineinging, an Leinenzeug fand sich mehr vor, als die seligen Eheleute Christopher und Magdalena Schnock in dreißig Jahren hätten auftragen können, der Schornstein wollte bersten, so voll hing er von Würsten und Schinken? Ist das nicht eine Nachrede, die uns noch im Himmel freuen, ja, in der Hölle trösten muß? Oder möchtest du, daß es von dir hieße: Man kann den Hungerleider noch im Grabe pfänden, wenn man will; denn der Sarg ist nicht bezahlt, er hat sich aus der Welt gestohlen, wie ein Dieb aus dem Gefängnis, niemand kommt zu dem Seinigen, als etwa der Kirchhofwurm, wenn er sein

Bankrottiererfleisch nicht verschmäht!" Sie beklagte es, daß wir nicht katholisch waren, bloß der vielen Fasttage wegen; "in dem Glauben", sagte sie, "können Leute doch was vor sich bringen, die Religion selbst bringt das Sparen mit sich, und naseweise Gesellen dürfen sich nicht mokieren, wenn der Tisch nicht immer unter Fleisch brechen will." Ja, sie ging zuletzt soweit, daß sie ihre ökonomischen Rücksichten auf meinen eigenen Körper ausdehnte und mir die unnütze Anstrengung desselben, wie sie sich ausdrückte, verbot, mir zum Beispiel die Erfüllung der ehelichen Pflichten nur selten verstattete; vermutlich, weil sie die Kosten einer Umarmung nach Heller und Pfennig abzuschätzen verstand und weil sie nun kalkulierte, daß ich meine Kräfte nützlicher und fruchtbringender im Handwerk anlegen könne, als in der Liebe. Es war daher gewiß kein Wunder, wenn ich sie auf alle Art zu betrügen und zu hintergehen suchte, doch glückte mir dies meistens nur bis zu dem Punkt, wo ich die Absicht nicht mehr leugnen konnte, wo mir die Frucht meiner List aber dennoch schmählich entging. Ich betrachte jedes Unglück, wovon ich höre, als einen näheren oder entfernteren Verwandten, als einen Vetter von mir, der über kurz oder lang bei mir einsprechen wird; ich habe Stunden, wo ich ordentlich darüber erstaune, daß ich noch keine greuliche Missetat begangen habe, die mich dem Halsgericht überantwortet; hat man doch Exempel, daß einer morgens unschuldig wie ein Kind aufsteht, und abends blutbespritzt wie ein bayrischer Hiesel zu Bette geht. Was hilft alle

Vorsicht! Vorsicht ist der Ball, womit das Schicksal spielt. Der Teufel ist allenthalben, nur da nicht, wo man ihn sucht. Wer sollte glauben, daß ich das Ärgste, was mir bis jetzt begegnet ist, in meiner eigenen Speisekammer erleben mußte? Doch war es der Fall!

Aus Leckerei entschloß ich mich eines Abends, mich selbst, meinen eigenen Haushalt, zu bestehlen. Wir hatten nämlich unser Schwein eingeschlachtet, und es waren treffliche Würste gemacht worden. Von diesen Würsten erhielt ich so viel als nötig war, um in mir den unbändigsten Wunsch noch mehr zu erregen; dann mußte ich selbst sie in die Speisekammer tragen und sie dort so hoch aufhängen, als ob sie niemals wieder heruntergenommen werden sollten. Das Fenster der Speisekammer ging auf die Straße hinaus, unvermerkt klinkte ich es auf, ohne noch selbst zu wissen, weshalb. Die Nacht brach herein, und eine Pfanne voll magerer Kartoffeln, die mir vorgesetzt wurde, als ich zum Essen in die Stube kam, machte mich vollends desperat. "Der Teufel soll sie holen!" brauste ich auf, ich meinte die Kartoffeln. "Wen denn?" fragte Lene, ihren langen Gänsehals hinter dem Ofen hervorstreckend. "Die Zahnschmerzen!" versetzte ich, legte meine Gabel nieder und drückte ein Tuch an die Backen. Bald darauf stahl ich mich aus der Tür und umschlich leise und behutsam mein Haus. Es war finster genug, dicke Regenwolken verschluckten das sparsame Licht des Mondes, der verdrießlich hin und wieder aufdämmerte.

Kaum hörte ich das Spinnrad meines Weibes schwirren, da stieß ich das Fenster der Speisekammer von außen auf und schwang mich mit einer Geschicklichkeit, als ob ich seit dreißig Jahren praktizierender Dieb gewesen wäre—Angst vor Ertappung gab sie mir—hinein. "Guten Abend!" ruft mir auf einmal mit hohler Stimme einer nach. "Still, still, um's Himmels will, still!" wisperte ich. "Sei unbesorgt, Kamerad," wird mir geantwortet, "aber hilf mir, daß ich auch hineingelange, das Fenster ist verdammt hoch." Was sollte ich tun? Sollte ich Lärm machen und mich von Kindern und Erwachsenen als einen Menschen, der bei sich selbst auf Diebereien ausgeht, verspotten lassen? Oder sollt' ich den Unbekannten, wie er's verlangte, zu mir hereinziehen, um ihn dann im Finstern durch gütliche Vorstellungen zu bewegen, wieder hinauszusteigen? Ich weiß noch nicht, was ich hätte tun sollen; meine Hand war eilfertiger als mein Kopf, sie ergriff, ohne auf höhere Order zu warten, instinktmäßig die Faust, die sich ihr entgegenstreckte, und zog den Kerl, dem dieselbe angehörte, herein. "Merkwürdiges Zusammentreffen!" sagte dieser und tappte herum. "Allerdings!" erwiderte ich mit einem Seufzer. "Ich hatte dem dicken Schnock auch einen Besuch zugedacht," fährt er fort, "und wollte nur erst das Auslöschen des Lichts abwarten, da sah ich dich das Fenster öffnen. Wie konntest du dies nur bewerkstelligen, ohne vorher eine Scheibe zu knicken?"—"Das ist ein Geheimnis!" versetzte ich zähneklappernd. "Was du mir mitteilen mußt," fällt er rasch ein, "ich will dir dafür eine neue Art Handschellen zu zerbrechen lehren. Wo hast du studiert?"—"Studiert?" frage ich. "Ja, auf welcher Ohnversität, in welchem Zuchthaus, meine ich?"—"Ich saß noch nicht in Zuchthäusern!" antworte ich. "Unglückseliger!" versetzt er, "so bist du noch nicht ein einziges Mal absolviert, schleppst dich noch mit allen deinen Sünden herum? Mich hat die Justiz schon dreimal rein gewaschen und neu frisiert. Was hast du denn alles auf'm Herzen? Ist etwas von Erheblichkeit, ein Mord, oder so was, darunter? Oder hast du deine Tugend für nichts und wieder nichts hingegeben?"—"Mensch, du sprichst, als ob du der Teufel selbst wärst!" stoß' ich vor Entsetzen hervor. "Wer sagt dir, daß ich's nicht bin?" sagt er mit einem Ernst, der mich im ersten Augenblick schaudern macht, "wahrlich, ich sage dir, ich bin der Teufel und ich will dir etwas vertrauen. Vor drei Monaten—" Mir wird bei diesen lästerlichen Redensarten gräßlich zumut, in der Ferne höre ich den Nachtwächter, auch klärt der Himmel sich auf, so daß der erste Vorübergehende das Offenstehen des Fensters bemerken muß; rasch, ehe der unheimliche Mensch sich dessen versieht, springe ich hinaus, beim Sprung kommt mir aber die Zunge zwischen die Zähne und ich zerbeiße sie dermaßen, daß Blut läuft und ich mich vor Schmerz nicht zu lassen weiß. Ich reiße die Tür auf und stürze mit dem lauten Geschrei: "Diebe, Diebe in der Speisekammer!" in mein Haus. Meine Frau, nebst meinem Gesellen—es war der größte, den ich jemals hatte, ein Mensch, der sich, wie er sagte, vor niemand fürchtete als vor sich selbst, vor seiner eigenen Wut nämlich—eilen schlaftrunken mit einem Licht auf die Speisekammer zu, ich—der Spitzbube, der sich für den Teufel ausgab, konnte in mir unmöglich den Konsorten erkennen, weil wir ja nur in der dicksten Finsternis Vertraute geworden waren—folgte ihnen mit einem Besenstiel. Wir finden nichts drinnen, keinen Dieb, aber auch keine Würste; Lene taumelt mir ohnmächtig in die Arme— nur Ohnmachten trieben sie noch zuweilen hinein—mein Gesell nimmt, dir fürchterlichsten Flüche ausstoßend, die allgemeine Verwirrung wahr und bringt ein Stück Speck auf die Seite, was mir freilich nicht entging, was ich dem Riesen jedoch hingehen ließ. Was geschieht am andern Morgen? Ein Knurren, Bellen und Beißen wie von zwanzig Hunden treibt mich vor der Zeit aus dem Bett; ich öffne das Fenster und sehe, daß sämtliche Würste, zu einer Art von Kranz ineinander verschränkt, vor unserer Tür aufgehängt sind, und daß die durch den leckeren Geruch herbeigelockten Köter, springend und einer den andern giftig beim Schwanz zurückzerrend, sich umsonst bemühen, eine oder einige davon zu erlangen. Ein solcher Ausgang war nun zwar erfreulich, aber noch mehr unbegreiflich. Ein paar Tage später erfuhr ich indes, daß ein Übeltäter aus unserem Ort wegen Wahnsinns aus dem Zuchthaus in die Irrenanstalt abgeführt, seinen Wächtern unterwegs entsprungen und erst nach längerer Zeit wieder eingefangen worden sei. Ohne

Zweifel hatte ich die Bekanntschaft dieses Verrückten in meiner Speisekammer gemacht.

Drittel Kapitel
Zum Schluß

Der Morgen war angebrochen, der Wagen stand vor der Tür, reisefertig trat ich in das Gastzimmer, um von Schnock, der schon des Frühtrunks wegen gekommen war, Abschied zu nehmen. Schnock saß am Tisch und hatte mehrere leere und noch mehr volle Flaschen, sowie ein derbes Gabelfrühstück vor sich stehen; ihm gegenüber saß mein Wirt, der lange, dürre Postmeister, sich auffallend beeifernd, seinen Gast durch Anekdoten und muntere Geschichten zu ergötzen. Da war kein Jägerstückchen, kein Witzwort vom kleinen Korporal oder vom alten Fritz, das nicht vorgebracht wurde, ja, der Postmeister begnügte sich nicht, bloß sein Gedächtnis zu martern, er war unbarmherzig genug gegen sich selbst, seine eigene Phantasie Peitsche und Sporen kosten zu lassen, um ihr dies oder jenes Geistreiche abzujagen. Aber Schnock, der sonst so leicht und so gern lachte, verzog diesmal keine Miene und gab keinen Laut von sich; er schüttelte nur zuweilen, wenn der Postmeister recht ansetzte, verächtlich den Kopf, oder stieß einen Seufzer aus, und wenn er den Mund auftat, so geschah es einzig und allein, um ein Stück Fleisch oder etwas Ähnliches hineinzustecken. "Trinkt doch, trinkt!" sagte der Postmeister hitzig, "und dann knöpft die Ohren auf, jetzt will ich Euch eine Schnurre erzählen, die noch von meinem Großvater herrührt. Nicht darüber lachen, heißt den seligen Mann noch im Grab beleidigen; ich möchte der Schlingel nicht sein, der das täte; denn mein Großvater verdient Achtung, er war Schulmeister, und wenn einer von uns rechnen und schreiben kann, so hat er's von ihm gelernt." Die Schnurre war wirklich lustig, dennoch hielt Schnock an sich, obgleich sein Gesicht bersten wollte. "Schämt Ihr Euch nicht?" sagte der Postmeister; "für den Herrn Dr.", er deutete auf mich, "war das Ding gut genug, um darüber zu lachen, und Ihr sitzt wie ein Klotz? Der Teufel soll mich holen, wo ich mit Euch wieder eine Wette eingehe!"—"Worin besteht denn die Wette?" fragte ich neugierig. "Werdet Ihr so unhöflich sein, die Frage des Herrn Dr. unbeantwortet zu lassen?" sagte der Postmeister lebhaft zu Schnock; dieser aber sah mich an, legte den Finger auf den Mund und verharrte in Stillschweigen. "Nun," versetzte ich gleichgültig, "in Geheimnisse will ich nicht eindringen, lebt wohl, Meister Schnock!" Schnock stand auf und ergriff meine ihm dargebotene Hand, sie herzhaft drückend; dann nahm er das Stück Kreide, dessen sich die Billardspieler zu bedienen pflegten, und schrieb damit auf den Tisch, daß er mir eine glückliche Reise wünsche. "Ist der Mann stumm geworden?" fragte ich, aus der Tür tretend, den mich begleitenden

Postmeister. "Nichts weniger als das, purer Egoismus!" erwiderte der Postmeister. "Wieso?" fragte ich stutzend. "Er will umsonst bei mir essen und trinken," gab der Postmeister zur Antwort, "darum spielt er den Stummen. Ich muß ihm heute nämlich, so haben wir gestern zur Nacht im Rausch gewettet, das beste aus Küche und Keller so lange unentgeltlich aufsetzen, bis er sich zum Lachen oder Sprechen hinreißen läßt. Lacht er oder spricht er ein Wort, so muß er—hierin liegt mein Vorteil—alles doppelt bezahlen; hält er an sich, nun freilich, dann weiß ich, wer sich noch heut Abend Haare aus dem Kopf reißt und mit dem Schädel gegen die Wand rennt. Aber, er mag sich hüten! Ich erlaube mir gegen ihn, was mir einfällt, und an Kniffen und Ränken fehlt's keinem aus meiner Familie. Ich will ihn schimpfen, bis er vor Ärger braun und blau wird, wie ein Kapaun; ich will dritte Personen herbeirufen und Schandgeschichten von ihm erzählen, denen er Widerspruch entgegensetzen muß, wenn er nicht will, daß alle Welt sie glauben soll; ich will Pistolen hinter seinem Rücken abfeuern; ich will seiner Frau, die wohl von der Wette nichts weiß, anzeigen, daß er bei mir schlemmt, damit ihm diese über den Hals komme, ich will mich stellen, als ob ich mich umbringen wollte; ich will—"

Mein Wagen fuhr ab.

INHALT